目次

ヨン・フォッセⅠ

名前／スザンナ／ぼくは風

名前

アンネ・ランデ・ペータス／長島確訳

登場人物

若い女
若い男
妹
母
父
ビャーネ

I

（照明が明るくなる。かなり若い女、妊娠している。ソファに腰掛けている）

若い女　なんで一緒に
来てくれなかったの
わたしのことなんて　どうでもいいんだ
へたすると　わたし　いまこの場で
（口ごもる。横になる。心地よい姿勢を見つけようとするが、どうやっても居心地悪く、また起き上がって座る）

わたしのことなんて　どうでもいいんだ
　（立ち上がり、窓まで行き、薄暗い外を眺める）
でも　もうそろそろ来るはず
　（短い間）
一緒に来れたらよかったのに
ひとりでバスに乗ってここまで来なくちゃいけなかったんだから
あいつがどうしても
　（口ごもる。短い間）
お母さんは　もう　しつこいし
口が止まらない
眠れない
って言う
あたしがおばあさんになるなんて
って言う
　（若い女は居間のなかを見回す。サイドボードへ行き、写真を取り上げ、見る）

若い男

かわいい子
じゃなかった　わたし
（短く笑う）
ばかな写真
（写真を戻し、窓まで行き、そこに立って外を眺める。間。ドアから短いノックが聞こえる。両手をお腹に当てる）
あいつだ　きっと
（間。またドアにノック）
わたしと一緒にいるの　見られたくないんだよね
（短い間。若い女は立ち尽くしたまま窓の外を見ている。またドアにノック。今度は一段と強く。若い女は右のドアから玄関へ出て行く。表のドアが開く音が聞こえる。若い女は再び居間に戻り、ソファに掛ける。少しして彼女と同い年くらいの若い男が入って来る。鞄とスーツケースを手にしている。男は鞄とスーツケースを床に置き、上着を脱ぎ、肘掛け椅子の背もたれに掛ける。彼女のほうを見る）
（そおっと、緊張気味に）

家が見つからなかった

（短い間）

やっと見つけたと思って

ドアをノックしたら

誰も開けてくれない

（短く笑う）

若い女　てっきり

（さえぎって）

なに

（間）

若い男　（うなずき、居間のなかをぶらぶらと回り、見回す）

きみはここで育ったんだ

若い女　そうよ

（間。若い男は肘掛け椅子に座る。新たな間）

若い男　いいね　ここ

若い女　うん

（新たな間）
そんなにいいなら
一緒に
来てくれてもよかったのに
（短い間）
若い男　でもぼくには
（さえぎって）
若い女　わたしと一緒にいるの　見られたくないんでしょう
（短い間）
若い男　ご両親はいないの
若い女　いや　お母さんはいるけど
買い物に行った
（立ち上がって居間のなかを見回す）
若い男　ここで育ったんだ
若い女　ここにいたくない
ここにいるとうんざりする

若い男　それは
　（口ごもる）
若い女　それに　わたしのこと
　もうちょっと気を遣ってくれてもいいのに
　いつ生まれてくるか
　わからないでしょう
　ひとりでここまで来なくちゃいけないなんて
　なのにあんたは
　（口ごもる。若い男は居間のなかのものを見て回る）
　ここにいたくない
若い男　来る前にお母さんに電話したの
若い女　もうこんなところにいたくない
　もうすぐ生まれるのに
　もうちょっと気を遣ってくれてもいいんじゃない
若い男　きれいなところだね　ここ
　なにも生えていなくて

岩山
ヒース
そして風
若い女　そして島々の向こうは広い海だし
若い男　うん
きみのご両親の家はいい場所だ
若い女　小さな丘に守られて
（ちょっと喜んで）
ハウゲンって呼んでるの
若い男　うん
若い女　嵐のときは
いつもそこへ登りに行くの
風がものすごく強くて
立っていられないくらい
若い男　あとで行こうか
若い女　いいよ

（間。若い男はサイドボードの前に立ち、若い女の子供の頃の写真を取り上げる）

若い男　（若い女に向かって尋ねるように）

きみ

（若い女はうなずく）

若い女　可愛くなかったの

（短く笑う。若い男は写真を置き、窓まで行き、外を眺める。間）

だから多分

（口ごもる）

若い男　（若い女のほうを見る）

お母さんは買い物か

（尋ねるように）

この下の店で

（若い女はうなずく。尋ねるように）

若い女　お母さんて松葉杖ついて歩いてる

もう言ったでしょう

若い男　何回も
まったく聞いてないんだから
なにを言っても
じゃあ見かけたのはお母さんだ
すれ違ったんだよ
お母さんは丘を下りて来て
ぼくの車は登って行った
若い女　そうだろうね
若い男　（尋ねるように）
お父さんは
若い女　いつも通り仕事
（短い間）
でもそろそろ帰って来ると思う
（若い男はサイドボードまで行き、その上の壁に掛かっている新郎新婦の写真を見る）
若い男　（尋ねるように）

ご両親　（若い女はうなずく）

若い女　（呆れたように）
なんで
結婚写真を飾ってるんだか
喧嘩ばっかりしてるのに
前掛かってたおぼえもないし
（短い間）
きっと妹が掛けたんだよ
妹はなんでもきれいに見せたがってるの

若い男　うん
（間。そこに立ったまま、壁に掛かっている別の写真を見ている。尋ねるように）
妹

若い女　お姉さん

若い男　家に住んでないほう

（若い女は「うん」と言うように頭を振る。間）

若い女　で
　お父さんは
仕事に行ってる
うん
（間）
でももうすぐ帰って来る
働いてる時間が長くて
帰って来ると
いつも疲れてる
（若い男はうなずく）

若い男　うん
（間）
で
　お母さんは
（口ごもる）
だから
（また口ごもる）

若い女　（呆れて）
あんた　まったく聞いてないよね
そこに立ってるだけで
わたしが話すと
ぜんぜん聞いてない
若い男　そんなことないよ
（言葉を濁す。間）
きみの妹
もうすぐ帰って来るのか
若い女　わたしにわかるはずないでしょう
（短い間）
そのうち来るでしょう
若い男　お母さん　いい人みたい
だね
若い女　あんたになんでわかるの
若い男　ぼくが見かけたのがお母さん

だったなら

若い女　まあ　悪い人じゃない

（若い女はお腹に手を当てる）

若い男　蹴ってる

（若い女がうなずく）

若い女　男の子がね

若い男　うん　赤ちゃん

若い女　男の子だと思う？

（若い男は「そんなのわからない」と言うように肩をすくめる）

わたしは男の子だと思う

若い男　ぼくはきみの家族に一度も会ったことない

若い女　わたしもあんたの家族に会ったことない

（笑う）

若い男　まあ　それならね

（短い間。いらだって）

若い女　でもここにいたくない

若い男　ちょっとだけの
　（口ごもる）
若い女　お母さんはもうすぐ来るの
そんなのわたしにわかるはずないでしょう
お店にいるのよ　きっと
誰かとおしゃべりして
お母さんはいつも誰かとおしゃべりしてる
若い男　ちょっとお腹すいたな
若い女　お父さん帰ってきたら食事だから
若い男　まだかかるかな
若い女　いや
　（表のドアが開いて、足音がする）
　（若い女を見る、やや心配気味）
若い男　誰か来た
　（若い女がうなずく。尋ねるように）
きみのお父さん

妹

（若い女は「そんなのわからない」と言うように肩をすくめる。ふたりとも玄関へ通じるドアを見つめている。ドアが開き、少し年下の女の子が入って来る。女の子は若い男に向かってうなずく）
（驚いたように若い女のほうを見て）
ここにいるの
うれしいな
おっきくなったね
（若い女のそばへ来て両腕を回してハグをする。そして彼女の隣に座る）
でっかいね
赤ちゃんが生まれるってお母さんが言ってた
でもこんなでっかくなってるとは言ってなかった
（笑う。尋ねるように）
もうすぐ生まれるんでしょう
（若い女はうなずく。尋ねるように）
来たばっかり

来るって知らなかった
（尋ねるように）
知らせずにただ来たの
（若い女はうなずく）
おなかおっきいね
（尋ねるように）
さわってもいい
（若い女はうなずく。妹は若い女のお腹に手を当てる。短い間）
なにも感じない
（ちょっと喜んで）

若い女　蹴るときは
よく感じるよ
でもいまは蹴ってない

妹　よく蹴るの

若い女　かなり

妹　でっかくなったね

若い女　とにかくいつ生まれてもおかしくない
みたいだね
そういえばビャーネがよろしくって
（ちょっと控えめに）
ビャーネ
妹　うん
（短い間）
下のお店で会った
よろしくって
家に帰ることがあったら
あんたが　家に帰って来ることがあったら
寄ってくれ　って言ってた
いつでも来いよ　って言ってた
若い女　うん
妹　あんたに赤ちゃんが生まれるって言っちゃった
（ちょっとくすくすっと笑う）

言わないほうがよかったのかな
お父さんもまだ知らないし
あんた　知らないだろうけど
お母さんはお父さんに言ってないの
あんたに赤ちゃんができたって
言わないって言ってた

若い女　あいつ　なにか言わなかったの

妹　（少し混乱して）
なにを言わなかったの

若い女　わたしが妊娠してること
（尋ねるように）

妹　ビャーネ
そりゃあ言わなかったよ
（少し笑う。短い間）
あんたがまた男とやった　とかなんとか言ったと思う
（若い女と妹は少し笑う）

若い女　（若い男がいる方向に向かってうなずく）

　ということであれが父親

　（短く笑う。若い男と妹は立ち上がり、握手をし、また座る）

若い男　来たばっかり

　まだお母さんにも会ってない

若い女　会った

　（妹のほうを見て、笑う）

　いや　車に乗って

　下の道ですれ違ったみたい

妹　（突然）

　トランプやろうか

若い女　やだ　めんどくさい

　（若い男を見る、尋ねるように）

妹　あなたとわたし

　（男は「別にどっちでもいい」と言っているかのように肩をすくめる。

　間。妹は短く笑い、男を見る）

めちゃくちゃだよね
お母さんがお父さんに話してないって
あんたに赤ちゃんができたこと
びっくりするよ
お父さん　このごろ無口でね
お母さんと話すのはもう完全に無理だしね
お母さんはもうめちゃくちゃだよ
（笑い出す）
もう狂ってるよあの人
人間離れしたことばっか言って
どうかしてるよ

若い女　それは昔からだよ
お父さんはいつも通り
なにも言わない
睡眠不足だって
朝早いでしょう　出かけるのが

妹

若い女　まあ　布団に入るのも早いけどね
でもベッドに横たわってるだけだって
眠れない
って
うん
（短い間）
妹　ビャーネはあいかわらずだった
変わらない
（若い男に向かって）
若い女　幼なじみ
前はよくビャーネの家で遊んでた
ビャーネとビャーネのお兄さんのところ
（口ごもる）
ビャーネの話　したでしょう
（若い男はうなずく。女は少し笑う）
もうなにを言っても

聞いてないんだから
（短い間）
若い男　もう長い間会ってないの
若い女　二年かな
（笑い出す）
妹　もうめちゃくちゃだよ
ビャーネとビャーネのお兄さん
（表のドアが開き、足音がする。若い男は若い女を見る）
若い女　（若い男に向かって）
怖くないよ
妹　きっとお母さんだから
（妹のほうを向いて）
若い女　買い物してきたのね
（妹はうなずく。玄関へ通じるドアが開き、年配の女が居間に入って来る。片足が硬くこわばっていて、一本の松葉杖で足を引きずりながら入って来る）

母　あら　来たの
まあ　なんとなんと
（笑い出す。若い男に向かってうなずき、若い女を向いて）
お店でね
妹　どんなこと聞いたと思う
（母を見ながら若い男に向かってうなずく）
ベアーテの恋人
（母はもう一度若い男に向かってうなずく）
母　なに聞いたと思う
（空いている手で太ももを叩く）
（呆れて）
若い女　いいから
（間）
挨拶しないの
（口ごもる）
まだ会ってないでしょう

（母は若い男のほうを見る。彼は立ち上がり、ふたりは握手をする。若い男は母の隣に立ったまま）

母　どんな話を聞いたかっていうとね

（立ち上がる）

若い女　なに言うのかもうわかってる

（母は少し傷ついた様子で若い女を見る。そして若い男のほうを見て、頭を振る。そしてゆっくりと向きを変えて左の台所へ通じるドアから出て行き、ドアを閉める。間）

（少し落ち着かない様子で）

妹　トランプしようか

若い女　やだって言ったでしょ

（ちょっと怒って）

妹　どうしたの

聞いただけだよ

（間。若い男は立ち上がり、鞄のところまで行き、鞄を開けて本を取り出す）

聞いただけじゃない
それくらいは言っていいでしょう
（若い男は肘掛け椅子に座り、本を開く）
聞いただけ
一体　どうしたのよ
なんでそんなふうなの

若い女　はいはい
（立ち上がる。若い男は本から顔を上げる）

妹　もう　勝手にして
聞いただけじゃない
（妹は玄関へ出て行く。バタンと音を立ててドアを閉める。若い男は若い女のほうを見て、また本を読み始める。短い間）

若い女　わたしの家族がどんなか　わかってきたでしょう
（若い男は本から顔を上げ、うなずき、また読み続ける）
想像どおりだった？
（短く笑う）

若い男　（ひたすら読んでいる）
　んん

若い女　（言葉を濁す）
　もう　うんざりする
　お父さんは働いてて
　いつも寝不足
　お母さんは　ばかなことばっかり
　お店の人と　ぺちゃくちゃ喋って
　自分が面白いと思いこんでる
　（若い女が若い男のほうを見る）
　ちゃんと聞いてよ
　（若い男は本から顔を上げる）
　わたしのこと　どうでもいいんでしょ
　わたしが話してること　ぜんぜん聞いてないんだから
　ねえ
　（口ごもる）

若い男　お父さんはいつ帰るの

若い女　もうそろそろだと思う

　　（短い間）

若い男　お父さんもまた

　　（口ごもる）

若い女　別にいい人たちみたいだけど

　　どうせどうでもいいんでしょ

　　（母が台所からまた居間に入って来る。もう一脚の肘掛け椅子のところまで行き、苦労しながらもやっとのことで座り、若い女を見つめる）

母　あんたももうすぐお母さんになるんだ

　　（短く）

若い女　うん

母　ほんと　久しぶりだね

　　（若い女がうなずく）

若い女　それには理由があるってわかってるくせに

母　あんたはもうすぐお母さんになる

若い女　（母は松葉杖を上げ、若い女を突っつく）
わあ面白い
わあうれしい
（娘の皮肉なトーンに母は松葉杖を戻す、ため息をつく）
なんか話さないの
お店で聞いたうわさ話
（母はまた、ため息をつく）
笑える話
（母は若い男に向かって頭を左右に振りながら呆れた表情をする。間。
若い男は再び本に目を下ろし、若い女はいまにも泣き出しそうな顔つきをしている）
まわりに気を遣う人なんて　だれもいないんだから
（母は苦労のあげく、やっとのことで椅子から立ち上がり、玄関へ出て行き、ドアを閉める。玄関からは別のドアが開き、また閉まる音が聞こえる。間。若い女は若い男のほうを見る）

若い男　（ため息をつく）

若い女　そっか
　　　　あんただって　どうでもいいんでしょ
若い男　きみがそう言うなら
　　　　（短い間。突然怒って）
　　　　なら　きみだって勝手に
　　　　（口ごもる）
若い女　（尋ねるかのように）
　　　　ビャーネのところへ行けばいい
　　　　（若い男は肩をすくめる）
　　　　ビャーネは　少なくともあんたと同じくらいわたしのことを
　　　　想ってるもんね
　　　　あんたはそこに座って読んでばっかり
　　　　（いまにも泣き出しそうに）
　　　　あんたはただそこに座ってるだけじゃない
若い男　そっか
　　　　（若い女は立ち上がり、部屋のなかを少しうろうろする。若い男はそのあいだ本を見ている。若い女は玄関へ出て行く。若い男も立ち上がり、部屋のなかを少しうろうろする。階段を登って行く足音が聞こえる。若い男はソファに座り、本を見ている。しばらくすると妹が玄関から入って来る。若い男は妹のほうを見る)

妹　行ったの

(若い男がうなずく)

あんなふうなんだよ
お姉さんはときどきあんなふうになるの
もう本当に

(妹は頭を振る。そしてソファの、若い男のそばに、腰を掛ける。間)

なんであんなふうなのかわかんない
いつもあんなふうだったの
赤ちゃんが生まれるからだけじゃない
あんなふうなの

(短い間)

でもそのうちまたご機嫌になるから

若い男　そうするとすごく優しいの
　（若い男のほうを見る）
　とっても優しいときもあるからね
　（うなずき）

妹　うん
　なんであんなふうになるのかわかんない

若い男　うん

妹　お姉さんときどきあんなふうになるの
　（若い男がうなずく）
　知ってたよね
　（短い間）
　わたしだったらあの人と子供作りたくないな
　（短く笑う）

若い男　ぼくも
　（妹が笑い出す）
　でも優しいときもよくあるもんね

妹　うん
若い男　ぼくより彼女をよく知ってるから
妹　かなり優しいよ
若い男　うん
（間。表のドアが開き、足音が聞こえる。若い男は妹のほうを見る）
妹　お父さんが来るよ
お父さんが来るの　音でわかる
（若い男は本に目を落とす。間。玄関へ通じるドアが開き、父が入って来る。父は五十〜六十歳。健康でたくましそうだが、疲れていて、内向的。若い男は立ち上がるが、父は彼が目に入らないふりをする。一方、妹に向かってはうなずき、そのあと肘掛け椅子に座る。引き続き若い男を無視しながら、テーブルの新聞を手に取って少し目を通し、ため息をつく。若い男はまた座り、本を開く）
父　（妹に向かって）
これでこの一日も済んだ
（ため息をつく。尋ねるように）

妹　お母さんは寝てるかと思う

若い男　(話そうとする)

妹　お母さんはもしかして

(さえぎって)

いや　寝てる

(父に)

父　さっきは起きてた

(少し陽気に)

ベアーテが帰ってきたよ

(妹に向かって)

ベアーテ

妹　(うなずく)

今日来た

父　突然

へえ

妹　外か

知らない

（父はうなずく。妹は若い男のほうを向く）

妹　ベアーテの恋人だよ

（父は再びうなずき、若い男のほうを向き、再び新聞に目を向ける。間。父は立ち上がり、体を伸ばし、部屋のなかを少しぶらつく。若い男は本を読み始める）

父　そうか

（妹のほうを見る）

ベアーテが帰ってきたか

久しぶりに帰ってきたか

（短い間）

さ　メシの時間だ

（また窓まで行き、外を見る。間。部屋のなかを少しぶらつき、少し困ったかのように頭を振る）

妹　お母さん　なんか面白いことあったみたい

父　買い物してるときに
妹　そうだろな
父　ちょうど休みに行った
そうだろな
（短い間）
さ　メシとするか
（父は台所に出て行き、ドアを閉める）
（若い男のほうを向いて）
妹　前にもう会ってるの？
（彼は本から顔を上げ、頭を振る）
ない
（彼はまた頭を振る）
若い男　初めて
妹　この家は　めちゃくちゃだよ
ったく　だめだね
（ポケットから飴を取り出す）

食べる

（若い男はうなずく。彼女は飴の袋を差し出し、彼は飴を取る）

若い男　なに読んでるの

ただの

（口ごもる）

妹　うん

（ちょっと笑う）

つまんなそう

若い男　（微笑む）

妹　うん

わたし　本はまったく読まない

若い男　ぼくも前はそうだった

妹　わたし　学校苦手だった

若い男　ぼくも

妹　それなのに本は読むんだ

若い男　うん

（短い間）

妹　なにになりたいの

若い男　別に

（短く笑う）

妹　わたしもまだわからない

（短い間）

そしていま　お父さんになるんだ

若い男　うん

妹　楽しみ

（若い男が頭を左右に振る）

楽しみじゃないの

（若い男は再び頭を左右に振る）

あんた　かなり若いもんね

（若い男がうなずく）

ふたりとも若い

若い男　うん

妹　楽しくなるよ
　子供が生まれると
若い男　うん　きっと
　でも
　（口ごもる）
妹　わたしは　なにをしたらいいのかわからない
　どんな学校に行ったらいいのかとか
　ね
若い男　やりたいことをするのがいいよ
妹　でもなにがやりたいのかわからない
　（彼女は笑う）
若い男　なんかあるでしょう
　（台所のドアが開き、父が入って来る。若い男は本に目を向ける）
父　（妹に）
　ああ　うまかった
　働いていると腹が減るもんだ

(短い間)
そっか　今日　ベアーテが来たのか
(妹のほうを見る。尋ねるように)
いま散歩中か
まあ　そろそろ帰るだろう
もう長い間会ってないな
そっか
よく帰ってくれた
(父はまた肘掛け椅子に座り、また新聞を手に取り、テーブルの上からメガネケースを取り、メガネをかけ、新聞をめくり始める)

妹　(飴の袋を出し、父に差し出す)
食べる

父　いや　ありがとう
(短い間。父は妹のほうを見る)
ベアーテがどこか知ってるか

妹　ううん

（短い間。妹は若い男のほうを見る。そして立ち上がり、窓のほうへ歩き、そこに立ち止まり外を眺める。若い男は本から顔を上げ、新聞を見ている父のほうを見る）

父　（まだ新聞を見たまま）
そっか

（若い男はまた本に目を下ろす）
そっか　そっか

（父は新聞を置いて、立ち上がる。若い男は座ったままひたすら本を見つめている。父は部屋のなかを歩き出し、妹に向かって）
休んでるのか

妹　今日も痛かったんだな
そうだと思う

父　そっか　そっか
（父は立ち止まり、本を読んでいる若い男を見つめる）
こいつは誰だ
（若い男は見上げる）

妹　ベアーテの恋人

父　言ったでしょ

妹　本を読んでる

父　うん

妹　そっか　そっか

父　そいつはもう食べたのか

（若い男に）

妹　もう食べた

（若い男はうなずく）

父　（妹に）

そっか　今日ベアーテが来たのか

こいつと一緒に

妹　と思うよ

（間。父はまた肘掛け椅子に座り、新聞を取り、少しめくる。妹はソファの若い男の隣に座る。彼は座ってひたすら本を読んでいる。父は妹のほうを向いて）

父　そいつのスーツケースか
若い男　（父のほうを見てうなずく）
妹　はい
玄関に出しておこうか
父　おれはいいよ
若い男　ぼくが出します
（妹を見ながら）
父　ベアーテはどこか知らないか
（妹は頭を左右に振る）
妹　知らないって言ったでしょう
（父は新聞をたたみ、立ち上がり、窓まで行き外を眺める。間。玄関へ通じるドアが開き、母が入って来る。松葉杖で体を引きずりながら入って来る。父は母を見つめる）
（若い男に）
母　ちょっと横にならないといけなかったの
足が痛くてね

妹　父　母

すぐに疲れるもんだから
（若い男はうなずく）
ベアーテはいないの
どっか行った
（母に向かって）
おれはもう食べたから
（若い男に）
年を取るのはつらい
って言うとこだったけど
そんなに年取ってない
もんだから
（母は笑う）
体が言うこと聞かないだけ
（短い間）
でも痩せてるね
あんた　もっと食べないとだめよ

若い男　はい

母　痩せてるね

（間）

晩ごはんになんかおいしいもの作るね

（母に）

父　スヴェッレに会ったよ

町で

母　ああ

父　飲んでたみたいだった

ひどい格好してたよ

その点はあんたとおんなじだね

（母は笑う）

母　無職なんじゃないかな

父　船乗りじゃなかった

かな

母

父　ああ　そうだったみたいだな

母 (若い男に、尋ねるように)
兄弟はいるの
(若い男は首を左右に振る)
ご両親は

若い男 はい

母 ほんと　痩せてるねえ
(母は笑う。妹に向かって)
ベアーテはどこ

妹 知らない
もう何回も聞いてるよ

母 (「自分はよく知っているんだ」とでも言おうとしているような態度で
父に)
今日はご機嫌じゃなかったよ
ベアーテ

妹 もう最低
(短い間。若い男は本を閉じ、コーヒーテーブルの上に置く。そして立

ち上がり、ジャケットを手に取って、腕に掛けて、スーツケースと鞄を取り、玄関へ出て行く。そおっとドアを閉める。短い間)

父　あいつは誰だ

妹　ベアーテの恋人

母　そう　話があるの

(口ごもる。父は顔の向きを変えて、窓の外を見る。短い間。母は笑い出す)

父　(母を見ながら)

なら言えよ

母　いや　待ったほうがいい

父　いつ来たんだ

母　あの人とベアーテは今日来た

父　それはもう知ってる

長くいるのか

母　知らない

父　なにをやってるやつなんだ？

妹　知らない
父　なにもやってないんだろう
（短い間。父は母のほうを見る）
どこの出身だ
母　知らない
（母は笑い出す）
父　ああいうタイプはよく知ってる
母　優しそうだけどね
父　優しい　か
母　そう　そう
父　ここにあいつも住むのか
母　そういうことだろうね
父　無職だ
母　それは知らない
妹　いいやつだと思うけどね
父　（皮肉に）

妹　そりゃあいいやつだよ　きっと
父　（父に向かって）ちょっと
母　なに
（短い間。父は台所へ出て行く）
妹　（妹に）どんな人なの　なんか知ってる
母　（頭を左右に振り）ちょっとしか話してないから
妹　あまり話さない人ね
母　うん
（小さい声で）
妹　でも子供のお父さんはあの人なのだと思うけど
母　それだけは　じゃあ　よかった
妹　と思うけど

母

（間）

疲れちゃって晩ご飯作れないよ
（短い間。痛そうな顔つきをする）
また痛くなった
やっぱり
また横にならないと
（階段を重たそうに登って行く足音が玄関から聞こえる）
お父さん　ちょっと休まなくちゃいけなくなったみたい
（母は笑う。短い間）
わたしももう少し休まなくちゃいけないみたい
自分でなんか食べるもの作ってね

妹

なんか作る
お母さんはなにも食べないの

母

お腹空いてないから
あんたは　なんか食べられるもの見つけて
自分でね

妹　なんか焼いてもいいし
　　うん　いいよ
　　（短い間）
母　でも　あんまりお腹空いてないから
　　わたしも
　　（笑う）
妹　お菓子食べすぎたんでしょう
母　代わりに晩ご飯になんかおいしいもの作るよ
　　そうしよう
　　（短い間。尋ねるように）
妹　ベアーテは休んでるの
　　と思うよ
　　（妹は台所へ出て行く。母はしばらくそのまま座っているが、立ち上がり、苦労して玄関へ出て行く。ドアが開き、閉まる音。間。照明が暗くなる）

Ⅱ

(照明が明るくなる。間。若い男が再び居間に入って来る。あたりを見回す。そこにいることが申し訳なさそうな様子。ソファに座り、新聞を手に取る。少し目を通して、部屋のなかを見回す。立ち上がり、窓まで行き、窓の外を眺める。もうすっかり暗くなっている。またサイドボードと壁の写真を見る。誰か来るか耳をすませている。ソファに座り、本を取り出し、ページをめくる。再び顔を上げて部屋のなかを見回す。足音が聞こえ、玄関へ通じるドアが開き、若い女が入って来る)

若い女

(少しはにかんだように微笑みながら)

今日のわたし
なんだか調子がおかしくて

（若い男は彼女のほうを見る）

ちょっとしたことで

（口ごもる）

若い男　知らない

若い女　みんなどこ

若い男　うん

（間）

ちょっと外に出てたんだけど

帰ったら誰もいなかった

若い女　みんな休んでるんでしょ

（短い間）

妹はお店に行ってるだろうし

（少し笑う。若い男はうなずく。若い女は彼のほうを向き、微笑む）

わたしいま　さっきより大丈夫だから

（若い男はまたうなずく。若い女はソファの彼の隣に座る。彼は本を見る。間）

若い男　お父さんが帰ってきた
若い女　お父さんともう話したんだ
若い男　（うなずく）
話したって言えるかどうか
ぼくのことを嫌ってるみたい
きみだってそうだろう
きみだってぼくに出て行ってほしいんだろう
（若い女が彼のほうを向く）
いいから　言えよ
ぼくにいなくなってほしいんなら
ぼくにそう言ってもいいんだよ
若い女　ううん
（冷静に）
だから　その正反対よ
（少し呆れたように）
でもあんたはわたしのこと嫌いなんでしょう

あんたにとって　どうでもいいんでしょう
ここにいても　いなくても
あんたにとって　どうでもいいんでしょう
（短い間）
あんたはわたしのこと一度も好きじゃなかったんでしょう
わたし　ここまでひとりで来なくちゃいけなかったのよ
実家に帰るの
わたしがどんなに嫌か　あんたよく知ってるくせに
ここが大っ嫌いなのよ
（短い間）
せっかくいい感じだったのに
また蒸し返すんだから

若い男　きみのお父さんはぼくを嫌ってる
（若い女がため息をつく）

若い女　あんたが嫌いってわけじゃない
お父さんはただそんな人なの

若い男　ぼく　出てってもいいよ
若い女　（深く呼吸をする）
　　　　そうしたいんなら　そうしなよ
　　　　（急に）
　　　　なに待ってんの
　　　　わたしのこと嫌なんでしょう
　　　　だから子供のことだって嫌になるのよ
　　　　きっと
若い男　さあ　行って
　　　　（困って、冷静に）
　　　　やめよう　こんな口調
若い女　あんたがそうなのよ
　　　　わたしはいま　ご機嫌だったのに
若い男　そう　きみはいつも優しいよね
若い女　少なくともあんたのことを嫌だとは思ってないよ
若い男　ねえ　やめよう

若い女　あんたは一度もわたしを好きだって思ったことがない
若い男　きみがそう言うなら
（間）
そして　ここにいなければいけない
でもいまは　そんなこと言ってられる
（口ごもる）
若い女　さ　言いなよ
若い男　まあ　まあ
若い女　あんたの提案だった
（口ごもる）
若い男　うん　だってどこかに行くしかなかったでしょ
若い女　そう　まさに
（皮肉に）
で　両親にも会えたし
（短く笑う。間）
想像通りだった

若い男　さあ　知らないけど
若い女　いつも知らないとしか言わないのね
　　(間。若い男のほうを見る。ちょっとうれしそう)
　　また蹴ってる
　　(若い女は手をお腹に当てる。ひたすら若い男のほうを見ている。彼は
　　彼女にうなずく)
　　めっちゃ蹴ってる
　　さわってみる?
　　(若い男はそのまま座っている。がっかりして)
　　興味ないんだ　あんた
若い男　(座ったまま彼女に近寄り、彼女の肩に腕を回す)
　　ねえ、お願いだから
　　(彼女は彼のほうを向き、彼は彼女を引き寄せ、抱く。彼女は彼に寄り
　　かかる)
若い女　うん
　　(短い間)

ただすごく辛いの
この家にいるとうんざりする
なにもかもが戻って来るの
なにもかもが前のようになる
この家にいられない
(足音が聞こえる。若い女が上を向き、待つ)

若い男 やっぱり誰も来ないみたい
(彼女を引き寄せ、抱きしめる)
誰かが出て行っただけだ
(間。慰めるように)
そんな長くはいないよ
住めるところが
見つかるまで
ここにいるだけだよ

若い女 見つからないよ
お金がないんだもん

若い男　大丈夫
　（少し笑う）
　だって　いくらなんでも
　（口ごもる）
若い女　うん
　（短い間。若い女は彼を見上げる）
　で　子供　なんて名前にするか考えた？
　（彼は首を左右に振る。彼女は彼にもたれかかり、大変そうに起き上がり、窓まで行き、そこに立ち、外を眺める。足音が聞こえ、ふたりは向き合う。間。若い女は部屋の隅に置いてあるバッグのところまで行き、バッグからベビー服を取り出す）
　ちょっとは
　（口ごもる）
　ちょっとは準備したもんね　赤ちゃんのために
　（若い男に向けてベビー服を見せる）
若い男　（うなずく）

若い女

うん（ベビー服を見ながら）
かわいい
（間）
もうまもなくだろうし
（考える）
あと一日かも
（急に少しうれしくなる）
もしかしたらそんなにもないかも
（熱狂的に）
もう今日かも
（もっと熱狂的に、若い男を見ながら）
もしかしたら　赤ちゃんは
もう今日にも生まれるかも
（体の調子に耳を澄ませるように）

羊水

破水するかも
（じらして）
このいま
ちょうどいま
いま
（間）
ううん　ちょうどいまじゃなかった
（間。ベビー服を持ち上げて見ている。部屋のなかを歩き回る。少し笑う）

若い男　（急に変わった彼女に少し驚いているが、同時にうれしそうに）
楽しみだね
若い女　うん
若い男　でもまだ生まれてないよ
若い女　うん　でももうすぐ
（少し恐れながら）
あんたも一緒にいて

わかるでしょ
（彼に向かって歩き出し、彼の隣に座り込む）
ひとりで生みたくないって
ね
あんたも
一緒じゃないと
（彼女は立ち上がり、少し後退りする）

若い男 でもぼく血が苦手なんだ
（少し笑う）

若い女 それでも一緒に来るの

若い男 うん
一緒に行く
（ちょっと愚痴っぽく）

若い女 今日生まれたかもしれないんだよ
あんたがいない間に
（彼はうなずく。彼女は心配そうに彼を見る。調子は愚痴っぽいが和解

を求めているようでもある）
だって　そうでしょう
（彼はまたうなずく。短い間）
で　どうして一緒に
ふたりで　ここまで来れなかったの
ひとりで　バスに乗って来たんだよ
ここにいるのが嫌なの
なのにひとりで来なくちゃいけなかった
お母さんと話さなくちゃいけなかった
お母さんとわたしひとりで

若い男　ぼくはどうしても
（口ごもる）

若い女　そうね
（ベビー服をきれいに畳み、バッグのところまで行き、バッグに戻す。
彼は窓まで行き、そこに立ち、外を眺める。間）
ねえ

（彼は彼女のほうを振り向く）
若い男　ねえ
若い女　なに
若い男　言って
若い女　ううん　別に
ううん
（戸惑っている）
若い男　ぼくが言おうか
（彼女がうなずく）
あんた
子供の名前をなににするか
考えてる？
って聞こうとした
（彼女はうなずく。彼のほうを見る。彼は頭を左右に振る）
若い女　きみのお父さん
（さえぎって）

子供には名前がないと
呼び名がないと
なんか名前がないと
わかるでしょう
子供には名前がないと
名前がないなんて
（ちょっと笑う）
ないでしょう
（若い男も少し笑い出す。彼女は少しイライラしだす）
若い男　ね
うん　もちろん
いろんな名前を考えたんだけど
名前を書いたの
（紙切れをポケットから出す）
若い女　この紙切れに
（彼のところまで行く）

男の子の名前は左側
（紙切れを渡す）
だって男の子になると思うから
で　女の子の名前は右側
（彼のほうを見る）
はい
（彼はうなずく。短い間）

若い男　どう思う
若い女　さあ　わからない
なんか言ってよ
子供には名前が必要だよ
みんな名前が要るよ
なんか名前を考えないと

若い男　うん
若い女　きれいな名前
（彼がうなずく）

若い男　お母さんはお父さんに
若い女　きみが妊娠していること　言ってない
若い男　もちろん言ってるよ
若い女　妹が勝手にそう思ってるだけ
若い男　うん
若い女　言ったよ
若い男　うん
若い女　できれば　赤ちゃんには
ありふれた名前はつけたくない
めったに聞かない名前もつけたくない
し
若い男　さあ　ぼく　わからない
（ちょっとがっかりして）
若い女　あっそう
でもなんか言ってもいいじゃない
あんたも

若い男　なんでもいいから
　　　　名前を言って
　　　　グンナール
若い女　（微笑む）
　　　　本気じゃないでしょう
　　　　わたしたちの息子をグンナールって呼ぶなんて
　　　　（彼は「知らない」というかのように肩をすくめる。またちょっとがっかりして）
　　　　でたらめに言ってるんだ
　　　　あんた
　　　　ただ思いついた名前を言ってるだけなんだ
　　　　（短い間）
若い男　（興味があることを示そうとして）
　　　　誰かの名前をもらうのってどう
　　　　（皮肉に）
若い女　そうだね　お母さんかお父さんの名前

をもらおうって
思ってるんだ

若い男　いや　わからない
(短い間)
ぼくのおばあちゃんとか
ぼく　おばあちゃんと仲良かったんだ
でもそれなら女の子じゃないと

若い女　うん　うん
(ためらいながら)

若い男　アンナ

若い女　あんたのおばあちゃんの名前　そうじゃなかった?
いや　どうかなあ
それって　なんか
(口ごもる)

若い男　きれいな名前だよ

若い女　きれいはきれい

だけど

若い男　一案てだけだよ

若い女　ちょっとはきれいだけどね

じゃあ　クリスティーナなんてどう

若い男　嫌だ

若い女　でもわたしのおばあちゃんの名前だったんだよ

おばあちゃんのことは　話を聞いたことがあるだけで

会ったことない

わたしがまだちっちゃいときに死んだの

でもとっても優しかったってお母さんは言ってた

それは

（口ごもる）

若い男　それだとちょっと

（口ごもる）

若い女　じゃあ　リフは

若い男　（尋ねるように）

　　　　リフ
　　（若い女がうなずく）
　　どうかな
　　　（短い間）
若い女　それに男の子だしね
若い男　うん
若い女　ほかの案ある？
若い男　いまのところはね
　　でもなんか思いつくよ　きっと
　　そう急いでるわけでもないし
若い女　でも名前はないと
若い男　まだ生まれてないじゃないか
若い女　でも　名前は
　　決めないと
　　生まれるまでに
若い男　まず赤ちゃんを見てからだろ

その子に合った名前にしないと
（間）
ビャーネがいい

若い女

ふざけないで
（間）
いくつか決めとくのはいいかもね
あとで　そのなかから選べるような
わたし　たくさん名前を書いたの
（彼が持っている紙切れを指さして）
女の子の名前はね
ハンネ
あんたのおばあさんの名前をもらうみたいなもんだよ
アンナ
アンネだったらもっと近い
けど　その名前　あんまり好きじゃない
でも　ハンネならね

マリーエもいいと思う
ヨハンネも
でも古臭いよね
セィーナ
は　あまり知られてないかも
書いてあるでしょ
（若い男に向かって）
見てよ
自分で読めるでしょう
（彼は紙切れに目を通す）
でも　アンナは書いてない
（彼の隣に座る）
うん　あんまり好きじゃない
どこが悪いの
それはね
（口ごもる）

若い男

若い女

若い男

若い女

若い男　おばあちゃんの名前なんだよ

（短い間。リストに目をやる）

若い女　好きな名前はあんまりないな

若い男　男の子の名前でも好きなのないの

うん

クリスティアン

若い女　クリスティアンは少し好きかも

あんた　好きなものがなにもないんだから

若い男　きみがそう言うなら

オドネ

それともオーラフ

若い女　オーラフね

若い男　ぼくのおじいちゃんの名前

若い女　わたしたちの息子の名前にオーラフだって　本気で言ってないよね

冗談でしょう

（呆れて）

若い男 あんた どうせ興味ないんだから
オーラフっていい名前じゃないか
若い女 嘘でしょう
（またがっかりする）
もうちょっと真面目に考えてよ
若い男 どうしてだめなんだ
オーラフのどこが悪い
若い女 冗談はやめて
（熱狂的に）
また蹴ってるよ
（お腹に手を当てる）
ほら
来て さわってみて
あんたもさわってみないとだめ
（彼は戸惑う）
さわってみて

おいで

だからさわってみてよ

（彼は彼女のお腹に手を当てる。彼女は彼の手をずらす）

感じるでしょ

（彼に向かって）

感じない

もうちょっと押して

（彼がうなずく。彼女は彼に向かって）

感じる

（彼がまたうなずく）

どんなふうに蹴ってるか感じてる

（彼はうなずき、微笑む。しばらくの間、なにも言わないでそのまま座っている）

若い男　でもね

（手を引っ込める）

若い女　うん

若い男　お父さんに嫌われてると思う
若い女　あんたはお父さんに嫌われても好かれてもいない
若い男　でも
　　　（口ごもる）
　　　ぼくに話しかけてこないんだ
若い女　それがお父さんなの
　　　疲れてるだけ
若い男　ぼくに話しかけてこないんだ
　　　そいつって言うんだ
　　　そいつはもう食べたのか
　　　って言うんだ
　　　ぼくの名前すら　まだ聞いていないんだよ
若い女　できるだけ早く　ここを出ようね
若い男　うん
　　　（彼女に向かって）
　　　ねえ

若い女　なに
若い男　ぼく　まだ生まれていない子供たちのことを考えてるんだ
（間）
若い女　（少し笑う）
そうだろね
若い男　うん
若い女　うん
若い男　うん　考えていたんだ
ある場所があるんだってね
生まれる前の子供たちが集まってる場所
子供たちが自分の魂のなかにいるところ
でも　それでもみんな話し合えるんだ
自分たちのやり方で
自分たちの天使語で
（若い男は彼女に向かって、微笑む）
で　どこに行くんだろうってものすごく考えてるんだ

だって　それは自分たちが決めることじゃないもんね
そしてどこに行くのか決まる
次々と
決められていく
わたしはノルウェーに行く
ってある子が言う

若い女
あんたもいろいろ考えてるね

若い男
うん
そして別の子供の行き先が決まる
ぼくはインドに行く
ってその子が言うんだ
で　スウェーデンに行きたがってた子が
フィンランドに行っちゃうんだ

若い女
はいはい

若い男
都会に住みたがってる子は
田舎に行っちゃう

そしてその子は大人になって初めて
やっと都会に住むことができる
どの子供もドキドキしてる
どんな親なのか
それはそれはドキドキしてるんだよ

若い女　じゃあ　わたしたちの子供はがっかりするね
だから　みんな誕生を恐れてるんだろうね

若い男　だって　生まれることってそう簡単じゃないから
難しい
んだよ
それに　親が　もしかしたら　どんなにひどい
親なのか

若い女　まさに　まさに

若い男　それに　子供が　もしかしたら　どんなにぶさいくになるか

若い女　わたしがお母さんならね

若い男　それに　子供は貧しくなるかもしれない

お金持ちになるかもしれない
かわいいか ぶさいくか
子供たちはみんなドキドキしてるんだよ
それにね 子供はすでにお腹のなかで感じてるんだ
両親がどんななのか

若い女
(笑う)
かわいそうに

若い男
そうだよ 子供は気づくんだ
親が好きなのか そうじゃないのか
親の声や魂が
好きなのか
そうじゃないのか
(短い間)
そうなんだよ
それでね ぼく 思うんだけど
(口ごもる)

若い女　冗談はやめて
　わたしが嫌いだから
　そう考えてるんでしょう
若い男　子供はドキドキしてる
　この子供がどんなにドキドキしてるのか　ぼくにはわかる
　知りたがってるんだ　ぼくらがどんな格好をしてるのか
　これから行く世界が
　どんな
若い女　うん
若い男　(続ける)
　ふうに見える世界なのか
若い女　うん
若い男　子供はドキドキしてるんだ
　いったいぼくらが　どこに暮らしてるのか
　いったいぼくらが　どんな格好をしてるのか　そして
若い女　そんなふうに話さないで

悲しくなっちゃう

若い男 でもぼくは感じるんだ　この子がいま　どんなにドキドキしてるか

若い女 （怒って）

いじわるで言ってるの？

（彼女は彼に向かい、彼はうなずく）

もう　やめて

若い男 まだ生まれていない子供たちはみんな

誕生前の子供たちの天国にいるんだ

まだ生まれていない子供たちはそこで静かに　ドキドキしながら待ってるんだ

超ドキドキしてるんだ

若い女 もう　やめて

あんた本みたいに聞こえる

どうしてもそんなふうに

（口ごもる）

若い男 まだ生まれていないものたちも　人間だからね

もう死んだものたちが　人間であるのと同じように
ぼくらが人間としているためには
死んだ人たち
まだ生まれていない人たち
そしていま生きている人たち
みんなを　人間として考えなければいけない

若い女　どこで読んだの

（若い男は彼女を見る。少し傷ついている）

若い男　すてきでしょう

若い女　そりゃあ

若い男　ぼく　とても

（口ごもる）

若い女　（皮肉に）

賢いね

あんたってなんて賢いんだろう

若い男　ぼくら　この家ではあまり歓迎されていないいんじゃないかな

若い女　少なくとも　ぼくは
若い男　まあ　まあ
若い女　でも
ほかに行くところがある？
若い男　そうだよね
(励まそうとする)
若い女　外行こうか
ハウゲンまで行く？
そしたら風を感じるよ
(短い間)
話してたじゃない
行こうか
若い男　でも暗いし　雨降ってる
若い女　それでも行けるよ
若い男　うん
若い女　もし行ったら

お産が
始まるかもしれない
しね
（彼女は少し笑う。足音が聞こえる）
（彼女のほうを見て）

若い男　誰か来る
（若い女がうなずく。玄関へ通じるドアが開き、母が入って来る。母は
若い男を見つめる）

母　痛みがひどくてね
横になっても　ましにはならない
からね

若い女　ハウゲンへ行こうと思ってたの
（微笑む）

母　この天気で
まあ　空気は新鮮だろうね
（彼女は少し笑う）

若い女　うん
　　ハウゲンからはもしかすると
　　一艘や二艘　沖に出ている船が見えるかも
　　（若い女を見て、尋ねるように）
母　お父さんと話した
　　（若い女は頭を左右に振る）
　　横になって休んでるんでしょう
　　（尋ねるように）
　　妹は
　　どこか知ってる
　　（頭を左右に振る）
若い女　お店でしょ　きっと
　　（母はうなずく。肘掛け椅子まで行き、座ることに成功し、新聞を取る）
　　じゃあ　わたしたち　ちょっと行って来るね
　　ハウゲンまで

母　　　うん　そうな

（若い女と若い男は玄関へ通じるドアから出て行き、ドアを閉める。
間。照明が暗くなる）

Ⅲ

（照明が明るくなる。間。母が椅子から立とうとしている）

母　ひどいもんだ
この痛み
こうなっちまうとは
なにをしても効かない
し
（また椅子にどしんと座り込む）
だめだ
（間。テーブルに向かい、体を前に倒して若い男が置いていった本に手を伸ばす。本を見て、少しめくってからまた元に戻す。足音が聞こえ、

台所のドアが開き、父が入って来る)

父　(母を見て)
ちょっと横になってた
眠っちまったみたいだな

母　あたし以上だね　それなら
今日は痛くてね

(父はまた台所に出て行き、コーヒーカップを持って戻って来る。ソファに座り、若い男がテーブルに置いていった本を取り上げ、少しめくり、少し読み、またテーブルの上に戻す)

父　さてと

母　ゆうべは眠れた?

父　いや　あまり
(頭を左右に振る)
眠れないなあ
寝床に着くのが
嫌なくらいだ

母　あたしも眠れない
あたしは寝たまま　痛いだけ
ちょっと眠れたら
運がいいほうよ
父　ああ
（間）
今日ベアーテが帰って来たんだってな
まだ話してないけど
母　うん　突然戸口に立っててね
（少し笑う）
電話もなかった
ただやって来ただけ
（短い間）
（尋ねるように）
父　あいつはなんていうのか知ってるか
（母は頭を左右に振る）

聞いてないのか

（母はまた頭を左右に振る）

母　まあ　優しそうだけどね

父　うん　まあ

（間）

ベアーテはまだ休んでるのか

母　ハウゲンまで行って来るって

彼と一緒に行った

父　あそこはいま　風が強いぞ

（間。母がため息をつく）

母　また少し横にならないと

（新たな間）

父　ベアーテはいつ出かけた

おれも疲れた

ちょっとでも

（口ごもる）

母　さてと

　　（間。父に向かって）

　　子供ができたのは知ってるよね

　　（短い間）

父　いや

母　うん

父　それも　もうまもなく

母　子供ができたのか

　　（笑う）

父　だからあんたも　おじいさんになる

母　前から知ってたのか

　　（また笑う）

父　いつ生まれてもおかしくない

　　（尋ねるように）

母　で　あいつが父親なのか

　　（笑う）

父　うん　そうだと思う
母　そっか　そっか
父　子供に父親がいるのはまだマシね
母　ああ
父　ベアーテは苦労したもんね
母　でも
父　ううん　そうだよ
　　でも　あいつは
　　（口ごもる）
母　ま
父　しばらくいるのか
　　スーツケースを持って来たみたいだけど
　　そんなの　知らないよ
母　今日　来たの
　　最初にベアーテ
　　数時間後にあの人

父　（父のほうを向いて）
　　あの古い車はあの人のだと思う
　　（父がうなずく）
　　見たよね
　　（父がまたうなずく）
　　ま
母　（間）
　　でも　確実には知らないんだな
　　（遮って）
　　うん
　　でも　子供を生んだら
　　そしたら　あのふたり
　　（口ごもる）
父　お金もあまりないだろうしな
母　きっとね
　　（父は財布を取り出し、お札を数枚取り出す）

父　ま
母　いや　ベアーテは楽な子じゃない
父　ベアーテか
（母がうなずく）
それは　そうだな
まさにな
母　迎えに行ったのはあんただったもんね
あのとき
電話して来たとき
父　ああ
（ちょっと言葉を濁すような言い方）
母　一体なにがあったの　あのとき
父　そのことはやめよう
母　でも　あれじゃなかった？
父　ま
母　全然　話してくれないんだから

父　話すことなんてなにもないよ
母　あんたなにもしてくれなかったんだから
　　子育ては
　　（父がため息をつく）
父　疲れた
　　（さえぎって）
母　はい　はい
父　あいつだけど　多分
　　（口ごもる）
母　彼？
父　ま
　　（父は立ち上がり、部屋を行き来し始める）
　　そろそろ寝るとするか
　　（足音が聞こえる。玄関へ通じるドアが開き、若い女が入って来る。髪の毛が濡れている。父は彼女のほうを向き、少しうれしそうに）
　　帰って来たんだな

うれしいなあ
（短い間）
でも　髪の毛を乾かさないと
タオル持って来るからな
（父は台所へ出て行く）
（母に向かって）

若い女　ひどい天気
（父はタオルを手に戻って来て、若い女に渡す。若い女は髪の毛を拭き始める。若い男が入って来る。彼も髪の毛が濡れている。父は若い男を見て台所へ出て行く）

母　さあ　ふたりとも座って
（松葉杖でソファを指す）
（若い男に）

若い女　あんたも頭拭きな
（若い男にタオルを渡す。若い男も髪の毛を拭く。母に向かって）
ひゃあ　ひどい天気だったね

（若い男はソファに座り、タオルをテーブルの上に置く。若い女は窓まで行き、立ち止まり、暗闇のなかを見ている。短い間）

若い男　すっごい風が吹いてた

（うなずく）

うん

（間。母に向かって）

ここは気候が厳しいですね

母　（笑い出す）

うん　ここはいつも風が吹いてる

嵐と風だ

若い男　うん

母　そして　あんたはお父さんになる

（若い男はうなずき、うつむく）

（ソファまで来て座る。母のほうを見て、ちょっと皮肉に、そしてちょっとからかっているように）

若い女　そして　あんたはおばあさんになる

母　本当だね
　（笑う）
若い女　妹はどこ
母　（笑う）
　知らない
　お店に行ったんでしょう
　（若い女のほうを見て）
　久しぶりに帰って来たね
若い女　それ今日　うんざりするくらい　なんども言ってる
母　はい　はい
　（母のほうを見て）
若い女　出て行ってほしいの
　（笑う）
母　いや　いや
　（若い男のほうを見て）
　そう　ここはいつも風が吹いてる

若い男　はい
（間。テーブルの上の自分の本を取り、開く）
母　そう　ここは気候が厳しい
若い男　はい
（本から顔を上げ）
母　ま
（若い男はうなずく。父が台所から入って来る。窓まで行き、外を眺める。母が若い男に向かって言う）
あの人もね
（父に向かってうなずく）
もうちょっと本を読めばいいのにね
（笑う）
あの人
（フンと言うかのように息を吹く。若い女に向かって）
父　雨もしっかり降ってるな
（父は空いている肘掛け椅子に座る。若い男はまた本を読み始める。父

(は若い女を見る)

若い女　この前帰ってきたのは

もう　ずっと前だからねえ

父　しばらくいるだろう

若い女　わからない

父　お金はあるか

母　ちょっとは

あいつもか

(父をさえぎる)

父　ま

(若い女に)

おまえと同い年か

(若い女がうなずく)

若い女　彼　名前あるよ

(母が笑い出す。間)

父　いや　寝るとするか

明日も長い一日が待ってる

（若い男は本を若い女の膝に置き、本のどこかを指差す。彼女は読み、微笑む）

母 どうしたの

若い女 ううん べつに

（若い女は本を若い男に返し、彼は本を読み続ける）

（若い女のほうを向き、ためらっているかのように）

父 じゃあ おれは寝るとするか

若い女 うん おやすみなさい

（父は立ち上がり、窓まで行き、外を眺める。テーブルの上のコーヒーカップを取りに行き、台所に持って行く。そしてまた居間に入って来る）

父 ああ 長い一日だった

明日も長い一日だ

（間）

それじゃあ おやすみ

（父は玄関へ出て行き、ドアを閉める。階段を上がる足音が聞こえる。間。玄関へ通じるドアがまた開き、そこに父がいる）

ベアーテ
ちょっとおいで
（ベアーテは立ち上がり父のところへ行く。父は彼女の手にふれ、なにかを渡す）
おまえにだ
（彼女は父を見る）
あまりないだろう
（少し恥ずかしそうに）

若い女　ありがとう
（父はまた出て行く。ドアは開いたまま。若い女は貰ったお金をズボンのポケットに突っ込み、またソファに座る）

母　まあ　そうだろうね
（表のドアが開き、玄関から足音が聞こえる。短い間）
妹だ　きっと

妹　またお店に行ってきたんだ
（妹が入って来る。母は妹のほうを見る。笑って、頭を左右に振る）
またお店に行ったね
うん　欲しい？
（飴が入っている袋を母に渡す。母は頭を左右に振る。それから妹は若い女に向かって）
ビャーネに会ったよ
あとで来るって言ってた
もう長い間会ってない
って言ってた
（若い女はうなずく）

母　ビャーネがここに来たのも　もう随分前になるね
何年ぶりかな
（若い女はお腹に手を当てる。尋ねるように）

若い女　蹴ってる
（うなずく）

母　めっちゃ蹴ってる
　　あんたくらいでっかいと
　　もうすぐ生まれるよ
若い女　うん
　　（妹を見て）
　　さわってみる？
　　（妹は若い女の隣に座り、若い女のお腹に手を置く。若い女は妹を見る）
　　なんか感じる？
　　（妹がうなずく。短い間）
妹　男の子だと思う
若い女　わたしも
母　女の子だけだからね
　　三人姉妹
若い女　そう　アンニからなんか連絡ある？
母　ハガキが来た

取って来る
(母は松葉杖にもたれ、サイドボードまで行く。引き出しを開け、目当てのハガキが出てくるまでめくる)

若い女　会いたいなあ

妹　うん

若い女　近いうちに帰ってきたらいいのに
(母はハガキを手に戻ってきて、若い女に渡す。若い女はハガキを見て、読んで、若い男に渡し、彼も見て、読む)
(尋ねるように)
帰ってたのは　もう随分前だね

母　本当　ずっと前だ
夏になったら帰ってくると思うよ

妹　そう言ったの
(母は、いらだっているかのように頭を左右に振る)
そう思い込んでるだけだ

若い女　そんなの勝手に思っちゃだめよ

（若い男が妹にハガキを渡そうとするが、妹は頭を左右に振る。彼はハガキをテーブルに置く）

母　さあ　言ったかもしれない
電話でいっぺん
もうおぼえていない

（ドアをノックする音。長く続く）

妹　（立ち上がる）
若い女　きっとビャーネだ
（彼女も立ち上がる）
わたしが出る
妹　ううん　わたしが行く
（母が笑う。若い男はまた本を見ている。若い女は玄関のドアに向かって行き、妹がついて行く）
若い女　（妹に）
わたしが開ける
いいから　座ってて

（妹はその場で立ったまま。若い女は玄関へ通じるドアを開ける）

妹 もう　やめて

若い女 ううん　わたしが出る

（笑い出す）

妹 （妹も笑い出す）

ううん　わたしが行く

若い女 （笑う）

一緒に行こう

（妹は若い女と腕を組み、ふたりは玄関へ通じるドアを開け出て行く）

（説明するように、若い男に）

母 ビャーネとベアーテは幼なじみなの

（若い男は本から顔を上げ、うなずく）

もう　ずっと会ってないの

（間）

（玄関から）

若い女 ええ　ビャーネじゃないの

母　久しぶり

（短い間。母は松葉杖にもたれて立ち上がり、窓まで歩き、外を見る）

（若い男に向かって）

すごい雨よ

暗いし　寒い

し

ビャーネ　（玄関から）

久しぶり

若い女　（玄関から）

ハグくらいしてよ

（短い間）

母　（若い男に）

ひどい雨だよ

妹　（玄関から）

そんな　いちゃいちゃしちゃだめだって

母　（すばやく）

どんどん降ってる
（母は若い男のほうを見て頭を左右に振る。また松葉杖で苦労しながら肘掛け椅子に戻り、座る。若い男のほうを見る。短い間）
娘たちはふたりとも大人になった
そのうちひとりはお母さんにまでなる
あんたもお父さんになる
（少し笑う。尋ねるように）
楽しみにしている
（若い男は「そんなのわからない」とでもいうように肩をすくめる）
楽しくなるよ　きっと
（妹が入って来る）

妹
（笑っている）
玄関でいちゃいちゃやってるよ
もうめちゃくちゃだよ　お姉さんは

若い女
（玄関から）
そんなことしてない

（ビャーネと若い女が入って来る。ビャーネは三人の若者よりやや年上。若い女はビャーネの腕を摑んでいる。若い男とビャーネはうなずき合う）

母　まあ　ビャーネじゃない
（両手を合わせて）
久しぶり
もう　ずいぶん経つもんね

ビャーネ　うん
子供じゃなくなってずいぶん経つからね

母　（笑う）
うまいじゃない

若い女　（若い男に向かって、説明するように）
ビャーネとわたしは一番の友達だったの

妹　それはもうちょっと大きくなってからじゃない
（口ごもる）

若い女　小さいころから知ってるじゃん

（ビャーネは空いている肘掛け椅子まで行って、座る。若い女はその椅子の肘を掛けるところに座り、ビャーネを見る。間）

ビャーネ まだこっちに住んでるんだ

家にいるときはね

（若い女はうなずく）

母 いやぁ ビャーネ 寄ってくれてうれしいよ

家に帰ることはあんまりないんでしょう

ビャーネ たまにね

（短い間）

でも帰るとほっとするなあ

母 ああ 痛い痛い

（母に向かって、尋ねるように）

ビャーネ 元気じゃないの

（うんざりして）

母 元気

いや

若い女　（母は、なんとか立ち上がる）
（ビャーネに）
家に帰るといまも
あの屋根裏部屋にいるの
ビャーネ　うん
（ちょっとじらしている。若い女のほうを見上げて）
まあね
若い女　（笑う）
ここに座ってるのはちょっと痛いな
（ビャーネに向かって、微笑み）
膝の上にちょっと座らせて
（いちゃつくように）
ビャーネ　もちろん
だよ
（若い男に向かってうなずく。若い女はビャーネの膝の上に座る。ビャーネは彼女の背中に腕を回す）

座り心地はどうだい
（若い女はうなずく）
（心配しているかのように）
母　じゃあ　わたしも
（口ごもる。ビャーネに向かって）
いやぁ　久しぶりだ
でも　そろそろ寝ないと
（母のほうを向いて）
ビャーネ　うん　会えてよかった
（若い女のほうを見て、彼女のお腹に軽く手を当てる）
で　きみはお母さんになるんだ
若い女　うん
（彼は彼女のお腹を少しさする）
からかわないで
（若い男のほうを見て）
ビャーネ　で　きみは

若い男　うん
ビャーネ　きみもまだ若いね
若い女　わたしと同い年よ　大体
（若い男のほうを見る）
ビャーネとわたしはよく一緒だった
（笑う）
母　それじゃあね
（間。若い男に向かって）
部屋を見せてあげようか
ふたりが泊まる
（若い男がうなずく）
（すばやく）
妹　わたしが見せてあげる
母　そりゃあいいね　階段を苦労して登らなくて済むから
（若い男がまたうなずく。母は苦労のあげくまた立ち上がり、玄関へ通じるドアに向かって歩き出す）

それじゃあ　おやすみ
（母は若い女を見る）
あんたに会えるのは　そう毎日じゃないから
ね
（ビャーネを見る）
あんたもね
そういえば
（少し笑う）
じゃあ　おやすみ
（若い男に向かってうなずき、出て行く。ドアは開けたまま。別のドア
が開いてまた閉じる音）

若い女　（笑う）
やっと行ってくれたね

ビャーネ　お母さんはいい人だよ

若い女　そういう意味じゃないけどさ
（若い男に向かって）

妹

部屋を見せてあげる
（若い男はうなずき、立ち上がり、本を持って歩き出す。若い女はビャーネの首に腕を回す、若い男に向かって）

若い女　（笑う）
そしたら　ビャーネとわたしは
（口ごもる）
ふたりが屋根裏に行ってるあいだにね
それも　グッド・アイデア　かもね

妹　（若い男に向かって、笑う）
ね

若い男　うん
（からかうように）
じゃあ　お楽しみください

若い女　（ビャーネに）
少なくともわたしたちは楽しく過ごすから
ね

ビャーネ ぼくらはね（ビャーネに向かって）

若い男 かまわないよ（ビャーネに）

若い女 元気にしてる？

ビャーネ まあまあ ね（若い男の腕を掴み）

妹 行こう（若い男がうなずく）

あのふたりは ここで座って話してればいい

話しているのかなにしてるのか わからないけど（若い男はしばらくの間戸惑っている）

来て

（若い男と妹は玄関へ通じるドアを出て行く。ドアを閉める。階段を上がる足音。ビャーネと若い女は顔を見合わせ、少し恥ずかしそうに）

ビャーネ お母さんになるんだ

（若い女がうなずく）

今日来たの

（彼女はまたうなずく）

若い女　ここにいるのはあまり好きじゃないの

でも

まあ　住むところがなくてね

（口ごもる）

だからね

（若い女は彼の膝から立ち上がり、ソファに座る。短い間）

お母さんに赤ちゃんができたことを話したの

ビャーネ　うん

若い女　でも　お母さんは　お父さんに話してなかったの

少なくとも妹はそう言うの

でも　話してたんじゃないかなって　わたしは思うけど

ビャーネ　そうかもね

（間）

若い女　それ以外のことはうまくいってる？
ビャーネ　うん　（言葉を濁している）
　（天井を指差し、笑う）
若い女　しばらくかかるよ　きっと
　（笑う）
　そうよ　いまに見てて
　（ビャーネは立ち上がり、ソファに行き、若い女の隣に座る。若い女は横になり頭を彼の膝に置く。沈黙。しばらくすると妹がやって来るのが聞こえ、玄関へ通じるドアが開き、妹が入って来る）
妹　もう寝るって
　横になって本を読むって
　（妹は肘掛け椅子に座る。沈黙）
　トランプしようか
若い女　いや　めんどくさい
妹　聞いただけだよ

ビャーネ　本読むのが好きなんだね
若い女　ずっと読んでばっかり
妹　（笑う）
今日丸一日ずっと読んでたのよ
ビャーネ　へえ　本読んでるんだ
（若い女と妹が笑う）
妹　でもトランプしようよ
若い女　もう　いいかげんにして
妹　なんでそんなにむすっとしてるのかわからない
（間。沈黙）
じゃあ　もう寝る
ビャーネ　ちょっとトランプしてもいいじゃないか
若い女　やだよ　めんどくさい
妹　じゃあ　わたし　もう寝るね
（若い女が立ち上がる）
おやすみ

（玄関へ通じるドアを出て行き、ドアを閉める。長い間）

若い女 わたしもちょっと疲れた

ビャーネ （立ち上がり、窓まで行き、外を見る）

よく降ってよく吹いてるねえ

あいかわらず（間）

若い女 こっち来て

（彼は若い女のほうを見て、また肘掛け椅子に座る。足音が聞こえ、ドアが開く音がする。しばらくすると台所のドアが開き、服を半分着ている父が入って来る。若い女は体を起こしてソファに座る）

父 （やや恥ずかしげに）

おビャーネじゃないか

眠れなくてな

喉が渇いたもんで

きみも帰ってるんだ

そっかそっか

ビャーネ そりゃあね

父　そうだ　そうこなくちゃな

(間)

寄ってくれたんだ　うれしいなあ

ビャーネ　そりゃあ当然だよ

父　うん

(ビャーネに向かって)

長くいる予定か

ビャーネ　ああ

父　そうこなくちゃな

(短い間)

じゃあ　寝るとするか

また今度話そう

また会うだろうから

ビャーネ　うん

当分いるから

父　それじゃあ

明日もまたあるんでな
（父はビャーネにうなずき、また出て行く。台所のドアを閉じる。間）

若い女　わたし　ちょっと疲れた

ビャーネ　ぼくは　じゃあ　ひとり残ってここに座ってるから
きみが寝ても
（彼は少し笑う）

若い女　でも　寝たくない

ビャーネ　いつでも言って
ぼくに帰ってほしかったら
（間）
でも　変だね　お母さんが
お父さんに　きみに赤ちゃんが生まれること話していなかったのなら
（若い女がうなずく。ビャーネは立ち上がり、彼女の座っているソファまで来て、隣に座り、片手を彼女の肩に回し、引き寄せる。若い女は彼の肩に頭をのせる。ふたりはそのまま座って、まっすぐ前を見ている。間。ビャーネは手を彼女の肩から胸へと下ろしていく）

若い女　いや
　（手を置いたままで）
　やめて
　（ビャーネは彼女の胸をもっと強く摑む）
ビャーネ　昔どおりだ
　（短く笑う。ふたりはソファで向かい合って横になり、互いを抱きしめながら寝そべる。間。足音が聞こえる。ふたりは体を起こし、若い女は髪の毛を整える。向かい合う。玄関へ通じるドアが開き、若い男が入って来る。若い男は上着を着ている。若い男は片方の肘掛け椅子に座る）
若い女　（そおっと）
　横になって読んでたの
若い男　うん　ちょっと読もうとしたけど
　（間。若い女に、尋ねるように）
　みんなもう寝てるの
　（彼女がうなずく）
ビャーネ　そうみたいだね

（間）

若い男　なに読んでるの

若い女　ただの本だよ

（若い男は立ち上がる）

若い男　また寝るの

ビャーネ　うん

（言葉を濁している。若い男は玄関へ出て行き、ドアを閉める。ビャーネは尋ねるように若い女のほうを見る。若い女は「知らない」とでも言うように肩をすくめる。表のドアが開き、また閉まる）

ビャーネ　出て行ったみたいだよ

若い女　お父さんね　彼のこと　多分嫌ってる

ビャーネ　うん

（ビャーネはソファに座っている若い女の横に座る）

若い女　わたし　寝るわ

ビャーネ　うん

若い女　彼　きっと帰って来るから

（若い女は立ち上がり、窓まで行き、そこに立ち、暗闇を見つめる）

ビャーネ　ぼく
（口ごもる。立ち上がる）
（やや心配気味に、ビャーネに向かって）

若い女　どこ行くの

ビャーネ　ぼくも　帰るとするか
（若い女はうなずく）
でも
（口ごもる。ビャーネは玄関へ通じるドアを開ける）

若い女　彼　帰って来るから
（笑う）
それに　もし　永遠に行ってしまったのなら
息子の名前　ビャーネにすることもできるし
（笑う。間）
（戸口で）

ビャーネ　じゃあ　そろそろ帰るよ

（若い女がうなずく）

若い女　表まで一緒に行く

ビャーネ　いいよ

若い女　じゃあ

ビャーネ　うん

（ビャーネが玄関へ出て行く。表のドアが開き、また閉まる音。若い女は立ったまま窓の外の暗闇を見ている。間。照明が暗くなる。幕）

スザンナ
俳優三人のための一人芝居

アンネ・ランデ・ペータス／長島確訳

登場人物

年老いたスザンナ
若いスザンナ
中年のスザンナ

傍注はすべて訳者による

（照明が明るくなる）

（居間。テーブルに三人分の食器が置かれている。通りに面した窓。閉めてある複数のドア）

（年老いたスザンナ、テーブルに並べた食器を少し整えてから、背を伸ばし、きりっと立つ。テーブルで自分を支えている）

年老いたスザンナ　（物思いにふけった後、はっとわれに返るかのように）

静かだわ

このアパート
クリスチャニアのこのアパート[1]
とても静か
あのときと
同じように
そう
そう　ベルゲンのあのアパートで
そう　サーラお母さんが亡くなったときと
同じくらい静か
そう
（かなり短い間）
わたしのなかにある
部屋が
こわれて
崩れてしまったみたいだった
サーラお母さんが亡くなった

わたしは四歳だった
ぜんぶおぼえてる
なにもおぼえていない
いまでもよく話はするけど
サーラお母さんとわたし
　（短い間）
まだたった
三十五歳だった
ねえ　サーラお母さん
わたし
わたし　年を取りました
　（短い間）

1　イプセンの生きていた当時、ノルウェーの首都オスロはクリスチャニアと呼ばれていた。「このアパート」とは一八九五年からイプセンが亡くなるまで住んだアルビンス・ガーテ一番地の住居と思われる。

マグダレーネお義母さんも
とっくに亡くなってしまった
ねえ　サーラお母さん

(短い間)

ああ寒い
このすきま風

(閉まっている窓のほうを見る)

ねえ　イプセン
窓　閉めてくれない
すきま風がひどくて
リューマチなのよ

(短い間)

ええ　新鮮な空気がほしいのはわかってる
それはわかってる
でもわたし　すきま風がだめなのよ
昔から

（かなり短い間）
こう痛くってね
（短い間）
どうも　ありがとう
ありがとう　ありがとう
親切ね
優しい人ね
（短い間）
そういえば　シグール[2]はどうしたの
わたしの誕生日[3]なのに
もうすぐ食事するのに
（間）

2　息子。
3　六月二六日。年老いたスザンナのモノローグは、イプセンが一九〇六年五月二三日に亡くなった翌月の、スザンナの誕生日に設定されていると思われる。

イプセン
　（一人で微笑む）
いつもイプセン
　（短い間）
なぜ来ないのイプセン
いつも
　（一人で微笑む）
きっちり時間を守る人が
　（短い間）
まだ来ない
テーブルの支度はできてる
彼と　わたしと　シグールの
今日はわたしの誕生日
だから一緒に食事するの
シグールが小さかったときと同じように
でもなぜ　シグールは来ないの

イプセンも
（間）
イプセンは食べ物に
あまり興味がなかった
（短い間）
イプセンは小食
好きなのは
（短い間）
子牛のステーキにクリームソース
ラムステーキのパセリ添え
高原バターで焼いたビーフ
それからミートスープに
ゆでたじゃがいも
食べながら泣いてましたよ
そう言ってた
リーナ[4]

あんな女中
おいておけるわけないじゃない
彼にミートスープを作って
イプセンはそれを食べながら
泣いていた
酔っ払った　ばかなイプセン
　（かなり短い間）
イプセンは飲むほうが
食べるより好き
そうなのよ
いつもそうだった
でも
　（短い間）
彼
まあ　飲みすぎるときも
あるけれど

そんなにあることじゃないわ
それは
（口ごもる。テーブルから手を離し、杖をついて歩く。ドアの
ひとつを見ながら）
彼　食べるのは好きだけど
でも
（短い間）
彼はいつも
（別のドアを見る）
湿っぽいもののほうが好きだった
乾いたものより
そうだったのよ

4　リーナ・ヤーコブセン。一家が一八九一年から九五年までヴィクトリア・テラッセの住居に暮らした頃から仕えていた女中。一八九四〜九五年、スザンナはリューマチ治療のため一年近く家を空け湯治に行っていた。
5　「首にするしかなかった」の意味。

ね
（立ったままでいる。痛みが顔を横切る）
この
（しっかり立とうとする）
これ
そう　この
この痛み
これ
いつも
毎年毎年
いつもこれ
そしていま
いまはこのアパートにいるしかない
クリスチャニアは寒い
日差しがなくって
雨ばかり降ってる

暗いし
それはね
(口ごもる、体をこわばらせて立ち止まる、少し姿勢を直し)
ああ そう
この場所
ここ
いつもここ
このアパート
二階の
ずっと変わらない
(短い間)
マクシミリアーン・シュトラーセ[6]
ミュンヘン
(低い声で、独り言のように、ゆっくりと)

6 マクシミリアーン通り。一家はミュンヘンのこの通りに一八八五年一〇月から住んでいた。

アルビンス・ガーテ[7]
クリスチャニア
（顔を上げる）
いつもこの場所
（とてもゆっくり話す）
アルビンス
ガーテ

（間）
でもイプセン
（ドアのひとつを見上げ、喜びの表情が顔に浮かぶ）
あら　戻って来たのね
遅かったわね　イプセン
（短い間。ためらっているかのような姿で立っている）
そうよね
イプセン
（もう少し速く話す）

仕事の途中だったのよね
やめたくなかったのよね
それはいいことよ
イプセン
　　(短い間)
また出かけるの
食事しないの
あなたとわたし
　　(ためらう)
とシグール
わたしの誕生日だから
　　(短い間)
まあ　そうでしょうね
待てるわ

7　アルビンス通り。一八九五年七月にこの一番地へ転居。

急がないから
もう少し仕事したいのね
ええ　わかるわ
ええ　そうして
（短い間）
イプセン
（あたりを見回す。そして閉まっている窓のほうを見る）
でもイプセン
（短い間）
そこ　窓際に立ってないで
（短い間）
窓を閉めてくれない
すきま風に弱くて
でもイプセン
返事して
（短い間）

おなかすいてないの
　（短い間）
わかったわイプセン
あとで食べましょう
仕事してきて
ね
そうして
　（短い間）
シグールもまだ来てないし
来るでしょうけど
もうすぐね
いつも時間通り来るから
　（短い間）
ええ　そうしたいのね
　（短い間）
ええ　いいじゃない

そうしたら
でもあなた
ねえ　窓を閉めてくれない
そうなのよ
すきま風がひどくて
わたし　すきま風に弱くて
このリューマチがね
いつもこのリューマチ
（短い間）
ありがとう
どうもありがとう
窓を閉めてくれてありがとう
ありがとう　ありがとう
ありがとう　やさしいイプセン
（見えないイプセンがドアを出て行くかのように、ゆっくりと
目で追う。間）

だって彼は
（口ごもる、かなり短い間）
わたし　なんてこと考えたんだろう
だって彼はもういないって
言うところだった
イプセンが
（自分のことをかなり短く笑う）
ヘンリック・イプセンが
イプセン先生が
でも　わたしがそんなこと思うなんて
いま　いたじゃない
それに
そう　出て行ったじゃない
仕事しに
わたしが頼んだの
わたしが

さあたくさん仕事して
ね
イプセン先生って
そしてイプセン先生は書きに行った
（間）
イプセンはいま書いている
（ためらう）
いいえ
いいえ　そうじゃない
だってあそこにいる
ええ
ええ　あそこに寝ている
ええ　あそこのベッドの上に
（ドアのひとつに目を向けて）
ずっとあそこに寝ている
寝たままでいる

（短い間）
休んでいるのかもしれない
お昼寝
そうかも
（かなり短い間）
あの灰色のひげをはやして
寝ている
すっかり灰色になったひげをはやして
（かなり短い間）
ずいぶん前から灰色だった
彼のひげ
灰色
（かなり短い間）
髪の毛も灰色だし
ずっと灰色に黒が混じっていたのに
でもいまは

そう　すっかり灰色になって
髪の毛は額にぺったり張り付いて
口を
疲れきった痛みに
　（我を忘れたかのようにぼうっとする）
ぎゅっと結んで
前は
　（かなり短い間）
前は
そう　前は
痛みがときおり顔に浮かんだけど
急に
突然
痛みが顔を横切ることがあった
　（かなり短い間）
彼自身も気づいてなかったんじゃない

　（かなり短い間）
それに　そう
そう　彼の言うこと
突然言うの
まったく意味のないことを
彼　ぶつぶつ言うの
言ってたのは
あれは
　（かなり短い間）
そうね　痛みのことだったのかもしれない
そしてそのあと
ただ動かず寝たきりになって
そして彼の顔には
　（短い間）
静けさがあった
あれは　どんな意味だったの

（かなり短い間）

もしかすると

（短い間）

和解だったの

かな

（ためらう、言葉の味をためすかのように）

和解

そうね

ええ　顔には和解が漂っていた

そしてやさしかった

そして安らぎがあった

そう

そう　幸せに似たもののなかにいるかのように

かな

でも幸せよりもっと大きいものだった

でもその前の

痛み
絶えず変わらない痛み
まったく
　（短い間）
意味がない
なにか口にはしたけど
意味はなくて
なんの意味もないの
っていうか
そう
そう　痛みって
いう意味だったの
ノルウェー語とドイツ語を混ぜて言ったわ
神さまの馬鹿野郎
って言って
　（微笑む　短い間）

ああ　彼の服
そしてあの女中
（口ごもる。短い間）
あのリーネ
（問うように）
いや　リーナ
女中
いや　リータ
リータ
そう
彼女が出した服
ベッドの上においてある
残りは戸棚にしまってある
だからわたしが
（口ごもる、短い間）
それにわたしは

（口ごもる、短い間）
でも
うん
そう　わたし
わたしがするはずだったんだけど
でもそれは
（口ごもる、短い間）
彼の服は彼の匂いがして
彼　もうそこにはいないのに
上着の襟についていた彼の髪の毛
白くて
弱々しくて
それにコートのポケットのなかには
タバコのくず
彼の服にはさわれるけど
（短い間）

わたし（口ごもる。間。また窓のほうを見る）
わたし（ほとんど幸せそうに）
そう
あらイプセン
わたしもう
（口ごもる。短い間）
さあ　あとはシグールさえ来てくれたら
なにかあったんだわ
だって今日は　わたしの誕生日なのよ
シグールさえ来てくれたら
食事できるのに
（短い間）
でもイプセン
なにも言わないの

どうしたの
　（短い間）
いいえ
　（かなり短い間）
もうたくさん仕事したじゃない
たくさん書いて
一生ずっと書いてきて
　（間。自分のなかへ落ちていくかのようにぼうっとして、そして その後、目を上げる）
服はぜんぶ処分しないとって言われたけど
でも処分なんてさせない
　（間）
でも
そうね
　（あたりを見回す、前を見る）

痛みが彼の顔を襲って
ひきつらせ
ゆがめてしまった
と思うほど
痛みはしばらくとどまって
やがて去って
消えてしまった
　　（間）
でも　いまは
そう　いまは
そう　いまは痛みが絶えずそこにある
そして疲れも
そこにある
でもそれはもしかすると
　　（かなり短い間）
そう　痛みを和らげてくれているのかも

それならいいけど
彼の痛みは疲れになってしまった
（間）
そして彼はいま寝てる
（間）
寝室に入ったら
（またひとつのドアを見つめて）
そう　寝てるみたいだった
確かにそうとは言えないけど
あんなふうに横になっていることが多いから
眠っているかのように
そうじゃないのに
だから確かにはわからない
（間）
彼を幸せにしてくれるものは
もうなにもない

あのまま寝ているだけで
幸せっていうことが　一度もなかったんじゃないかしら
彼
まあ　お酒は好きだったけど
そして若い女の子たち
あの若い女の子たち
（口ごもる）
そして食事を楽しむこともできた
スモークサーモン
ハム
スクランブルエッグ
でも
それも楽しめなくなって
もしかすると食べることがそんなに好きじゃなかったのかもしれない
でも食事にしなくちゃ

もう　早く来てくれないかしら
イプセンとシグール
みんなで食事するための
テーブルの支度はもうできてるし
わたしの誕生日なんだから
準備はぜんぶできてる
それにリーネ
女中の
リータ
あの女の子
　(口ごもる)
わたしなに言ってるんだろう
意味のないことばかり
いままであったものはすべて　いま　ある
　(口ごもる。短い間)
彼　食べ物にはあまり興味ないじゃない

でもわたし　こんなこと考えてなんになるんだろう
なぜ気にしてるんだろう
（短い間）
でも彼　興味あることってそんなになかったんじゃないかしら
書くこと
お酒は好きだった
ワインやもっと強いもの
昼間
夜
何時間も書いて
そう　書いて書いて
そこに座って
そう　そこ
あのなかで
（ひとつのドアのほうを見て）
あのなかで座っているわ

（短い間）
でも本当はほかの場所にいるほうが好きだった
ほかの国に
ほかの町
ほかの国
まあ　それはそうでしょうね
（間。若いスザンナ、ドアのひとつから登場、テーブルセッティングされている食卓に向かって歩き、セッティングに少し手を加える、年老いたスザンナは若いスザンナが見えないかのように続ける）
それじゃわたし
わたしはなにに興味を持っていたの
食べ物
そうね
食べ物　食べ物
ケーキ

いつもケーキ
甘いもの
（若いスザンナは窓のほうへ行き外を見る）
イプセンもよくそう思っていたんでしょうね
だけど
（口ごもる）
わたし　なに考えているの
イプセンはなにを思っていたの
わたし　なにを思っているの
わたし　筋が通っていない
考えていることに
まったく筋が通ってない
なんにも
（かなり短い間）
ただ
（痛みが顔を横切る）

痛みだけ
この痛み
（年老いたスザンナは片手を額に当てる）
もうおぼえていない
（かなり短い間、手を下ろす）
もういまは
ぜんぶが混ざってる
と思ったら次には　突然はっきりなにかが見えて
（短い間）
なにか
まったく意味のないことが
彼が
ベルゲンの通りを歩いているところ
ううん　そうじゃないの
歩いているとき　彼の目つきにあるなにか
下を向いて歩いている最中の

（短い間）
そして首をかしげるしぐさ
うしろのほうに　ななめに
それから目を開いた
（短い間）
それとも
（短い間）
うん
うん
（短い間）
歩いていたときの姿
ベルゲンの通りを歩いていた姿
そしてあの夜あそこに立っていた姿
ちょこんと
俳優たちの前に
ベルゲンのノルウェー劇場[8]の舞台の上に

ちょこんと立ってた
うつむいたまま
（若いスザンナ、ふり返り居間を眺める、物思いにふけってい
る。うれしそう）
あそこに立ってた
いい服を着て
あの長い黒い髪の毛をうしろになでつけた姿で
マグダレーネお義母さん[9]は立ち上がった
そして牧師のトーレセンお父さんも立ち上がった
わたしも立ち上がった
みんな立ち上がって拍手した
イプセンはほんの少しだけ顔を上げ

8　イプセンは一八五一年一〇月よりベルゲンのこの劇場の座付作家兼総監督となり、毎年一月二日に新作を発表していた。『ソールハウグの宴』はつづく本文にあるように一八五六年一月二日初演。
9　スザンナの父トーレセンの再婚相手。文才がありノルウェー劇場でも二、三の戯曲を上演していた。彼女がイプセンをトーレセン家で催された文学サロンに招くことになる。

イプセンはまたうつむいた
一八五六年一月二日
ソールハウグの宴
ベルゲンのノルウェー劇場
サーラお母さんにも見てもらえたらなって思った
でも
そう　サーラお母さん
サーラ　わたしのお母さん
もうずっと前に死んだ
（短い間）
顔と
遠く向こうにある
手
それだけ
（短い間）
ねえ　サーラお母さん

若いスザンナ

わたしが四歳のとき
あなたは三十五歳で
亡くなって
わたしのお父さん
あの陽気な牧師トーレセンは
　（かなり短い間）
あの人と結婚した
マグダレーネお義母さん
彼
ヘンリック・イプセン
詩人であり劇作家
そしてノルウェー劇場の総監督である人が
うちに招待されてるの
ここに
今日[10]
マグダレーネお義母さんが招待したの

テーブルは三人のために支度されている
わたしたち三人
（短い間）
でもイプセンってとてもシャイなの
（かなり短い間）
話しかけたら
下を向いたわ
それからすばやく上を向いて
またうつむいた
イプセンはうつむいてばかり
そしてほとんど
なにも言わない
そして
（クスッと一人笑い）
下の道を通って
（窓の外を見る）

こっちを見上げる
そしたらわたし手を振るの
そしてときどき
そう　彼　立ち止まって待つの
で　わたしは彼のところに降りていく
で　ふたりでベルゲンの街を散歩する
お話しながら
劇のこと
文学のこと
一番のお友達には
カロリーネ[11]には
言ったの

10 一八五六年一月七日、イプセンはスザンナの家に招待されている。ふたりは同年春に婚約する。若いスザンナのモノローグの舞台設定はベルゲンのトーレセン家（スザンナの実家）。
11 カロリーネ・ライメシュ（旧姓）。女優。イプセンと並ぶノルウェーの作家ビョルンスティエルネ・ビョルンソンの妻。

彼は
イプセンは
（片腕を大きく広げる）
わたしのもの

年老いたスザンナ
イプセン早く来てくれないかしら
そしてシグールも
食事しないと
今日はわたしの誕生日なのよ
そして彼女

若いスザンナ
カロリーネ
（まねるふり）
本当にそうしたいのって
イプセンは人前でちゃんと振る舞えないじゃない
だって[12]
小さいし
彼

自信ないし
ぎこちないし
みんな笑ってるよ
劇場ではイプセンのこと笑ってるよ
だって[13]
俳優を見ないんだって
とにかく
女性は見ないんだって
演出しているとき
彼女言ってた
（しつこい口調で）
そしてあの
黄色い手袋して

12　前行にかかって「カロリーネは〇〇って言った」の意味。ですって。
13　同前。

ベルゲン中の笑いものになってる
ってカロリーネは言ってた
彼のこと
本当にほしいの
彼のこと
だって

年老いたスザンナ
なんで来ないんでしょう
シグールもイプセンも
食事するのに
わたしの誕生日を祝うのに

若いスザンナ
彼ちっちゃいじゃない
ってカロリーネは言うの
彼ベルゲンで一番ちっちゃい男の人よ
少なくとも一番ちっちゃい人の一人よ
本当に彼がほしいの
ってカロリーネ言ってた

うん　わたしはイプセンがほしい
彼以外誰もほしくない
ってわたし　カロリーネに言った
（短い間）
さあ　もうじきイプセンがここへ来る
食卓の上には彼と
わたしと
マグダレーネお義母さんのための食器が置いてある
（短い間）
そして何日かしたら
一
二
三
五
十日後には
舞踏会に行く

音楽友好協会の
そこにはイプセンも来る
そしたらぜんぶ片がつく
（かなり短い間）
わたしもう決めたの

年老いたスザンナ
でも彼の服
ベッドに置いたままにはできない
戸棚にかけたままにはできない

若いスザンナ
カロリーネはわたしが結婚したいだけだって
誰でもいいから

年老いたスザンナ
服を片付けないと

若いスザンナ
（窓のそばへ行き、外を見る）
もうすぐ来る

年老いたスザンナ
上着についていたあの髪の毛

若いスザンナ
（窓から顔をそらして）
でもまだ十九歳じゃない

ってカロリーネは言ってた
彼　もう年よ
まだ三十前よ
ってわたし言った
そんなのすぐよ
ってカロリーネ言ってた
（若いスザンナ、再び窓の外を見る）

年老いたスザンナ

いろいろあった
（痛みが顔を横切る）
いまはもう
そう
そう　この痛み
それが
（口ごもる）
ただ
（口ごもる）

でもなぜ来ないんでしょう
イプセンもシグールも
もうイプセンったらいつも来ない
わたしの誕生日なのよ
食事するのよ
　（短い間）
この暗闇
寒さ
クリスチャニアに降る雨
そしてあそこの光
ヴィア・カポ・レ・カーゼ[14]
そして彼の手
そう　彼の片手
年老いて
あの指
片手をつかむもう片方の手

（短い間）
座って　山積みになった紙を見つめてる彼
（短い間）
なぜそんなことおぼえているのかしら
片手を握っているもう片方の手
（短い間）

それは
もしかすると
そこに
なにかがあったから
なのかも
（ゆっくり、痛そうに、歩き出す）
ほかのなにかが
彼だったものが

14　ローマの通りの名。一家はここに一八八〇年一一月から五年間暮らした。

そのときそこにあったから
かもしれない
彼だったものが
それどういう意味
顔じゃなくて
わたしたちは顔じゃない
手じゃない
体じゃない
わたしたちは別のなにか
そしてこの別のなにかが
ときどき
姿を見せるっていうか
（かなり短い間）
動きのなかに
手の動き
顔の動きに

姿を現すことがある
（短い間）
残りはすべて
消えてしまった
（間。中年のスザンナがドアのひとつから登場。食卓に向かって歩き、セッティングに少し手を加える、年老いたスザンナは彼女が見えないかのようにそのまま続ける）
そしていま
（短い間）
そう　いまはただ
そう
（短い間）
そう　一日が始まり
（短い間）
痛みが待っている
朝から

（短い間）
それがだんだんゆっくりになって
一日が終わると
思い出になっていく
いずれ
（中年のスザンナはキリッと立ち、セッティングされている食卓を見る）

中年のスザンナ

これでいい
（かなり短い間）
さあ　イプセンとシグールももうすぐ来るでしょう
シグールの誕生日を
お祝いしましょう
シグールは今日で七歳[15]
（かなり短い間）
イプセンとシグールは
ちょっとだけお散歩するって

年老いたスザンナ

食事の前に
（話を続ける）
あれもこれも　思い出
意味のない
突飛な思い出
突飛な
小さくなって
もうなくなりそう
わたしたちがいた場所
ヴィア・カポ・レ・カーゼ
したこと
すべてのものの様子
まだそこにあって

15　一八六六年一二月二三日。この時期イプセン一家はローマ在住。中年のスザンナの舞台設定はローマの住居。

もうそこにない
わたしね　イプセンがここにいると思うの
あっちで寝ていると　ね
（ひとつのドアを見つめる）
あっちのベッドにね
でもイプセンはいないのよね
そこにはいない
イプセンは逝ってしまったのよ
（短い間）
ヘンリック・イプセンは死んだ
（かなり短い間）
イプセンは運ばれていった
遠くへ
イプセンはもういない
というか　イプセンはいまお墓にいる
あそこの救世主墓地[16]に

（短い間）
ヘンリック・イプセンは死んだ
（短い間）
ヘンリック・イプセン
（短い間）
そう
そう　もういない
（かなり短い間）
そして同時にここにいる
そう

中年のスザンナ
シグールがもう七歳だなんて
いまわたしたちあまりお金がなくって
でもイプセンはお札の絵を描いたの
シグールにプレゼントするために

16　ヴォル・フレルセルス［「われらが救世主」の意］墓地。

年老いたスザンナ

お金が入ってきたら
イプセンは本物に
換えてあげるんだって
（話を続ける）
そう　イプセンの体は
あの灰色の髪の毛
あの灰色のひげ
あの目
大きな目と小さな目
はもうない
永遠にない
でも彼だったものは
（かなり短い間）
そう
それは消えていない
まだ残っている

あるっていうわけじゃないけれども
でも
わたし　（口ごもる）あれこれ言って
でも
まあ
（短い間）
そう　わたし　ばかなことばかり
（間）
ヘンリック・イプセン
（短い間）
そしてわたし
わたしはスザンナ・トーレセンだった
わたしはスザンナ・イプセン
わたしはヘンリック・イプセンと会った

若いスザンナ
中年のスザンナ
若いスザンナ

ベルゲンの街を歩いた
ヘンリック・イプセンと一緒に
そして彼は
あの黄色い手袋をしていた
（短い間）
いま　イプセンが来るの
一緒にお食事するの
彼と
マグダレーネお義母さんと
わたしとで
（くすくす笑う、秘密を明かすかのように）
彼　よくここを通るの
この下の通りを
ぱっと上を向いて
立ち止まって待ってる
わたし彼のところにかけ降りていくの

中年のスザンナ

（短い間）
でもわたしは醜いの
（ちょっと大げさに）
大柄で　ぎこちなくて　醜い
マリーエお姉さんのほうがずっときれい
（短い間）
誰だってたいていわたしよりきれい
ちゃんとわかってるのよ
彼　好きなのよね
若い女の子たちが
きれいな女の子たち
（短い間）
それにあの女中
（口ごもる、かなり短い間）
シグールと散歩しているときも
きっと若い女の子たちを見ているのよ

でも　そろそろ来ないと
食事するの
シグールの七歳の誕生日よ
今日は
わたしは一度もきれいだったことはない
でも　若い女の子たちが　彼　好きなのよね
あの小さくて弱々しい男が
動くものにすぐビクッとする人が
　　（短い間）
それにあの女
　　（かなり短い間）
彼の子供を産んだあの人[17]
いや　そんなこと考えない

年老いたスザンナ

リーネ
リーナ
リータ

なんだったっけ
彼のこと好きなのよね
彼がヘンリック・イプセンだからってだけでしょう
だって　そうじゃなかったら
（口ごもる、かなり短い間）
それにあの　ヒルドゥール・アンデルセン[18]
アンドレセンだったかな
ピアニスト
のつもりの
彼女とは
芝居を見に行ったわ
わたしってすごいブス

若いスザンナ

17　イプセンは一八歳のとき、見習いとして勤めていた薬局の女中、十歳年上のエルセ・ソフィーエ・ビルケダーレンと関係を持ち、男子が生まれる。その後十五年間養育費を払った。

18　一八九一年、ノルウェー帰国後に知り合ったピアニスト。

年老いたスザンナ
リータ
そしてエミーリエ
（するどく言う）
エミーリエ
エミーリエ・バルダッハ[19]
マリーエお姉さんはとてもきれい

若いスザンナ
あの人たち
ただの子供よ
幼い女の子たちよ
それにしては彼
（かなり短い間）
年上の女に子供を産ませたの[20]
イプセンには二人の息子がいるの
シグール

年老いたスザンナ
そしてあのもう一人
（短い間）

若いスザンナ　もしかして　わたしのこと一度も好きじゃなかったのかも
彼はわたしのなにを見てるの
わたし醜いのよ
中年のスザンナ　彼はわたしを必要としている
いいえ　わたしのことを好きだったわ
年老いたスザンナ　それに　わたしなのよ
ヘンリック・イプセンは
（一人で微笑む）
でもそんなこと誰もわからない
わたしだけ
（短い間）
でもそんなことどうだっていい

19　一八八九年七月に知り合った、当時二七歳の女性（従来は「十代の少女」とされてきたが、最新の研究では間違いと判明）。『ヘッダ・ガーブレル』にインスピレーションを与えたといわれる。
20　前出の注【17】参照。

中年のスザンナ　（短い間）
もっと偉大な目が存在しているのよ
そしてこの偉大な目
は知っている
そして彼の目
彼にはその偉大な目がある
見た目がおかしいのよ　彼
大きな目ひとつに
小さな目ひとつ

若いスザンナ　彼には第三の目があるの

中年のスザンナ　でもそれを彼自身さえ気づいてないの
そして大きい目は
相手を見る

若いスザンナ　まあ　っていうか
彼ってほとんど上を向かないじゃない
でも上を向けば

大きい目が相手を見る
同時に小さい目は
相手を見ない
相手のなかを見ている
ってわけでもないんだけど
（かなり短い間）
そしてすぐ下を向くの

中年のスザンナ
彼はすべてを
二種類の目で見つめている

年老いたスザンナ
彼の目には別のなにかが見えている
第三のなにかが
本当にものを見ていたのは彼の第三の目だったのよ
（短い間）

中年のスザンナ
透視能力
（かなり短い間）
でもこう言うとまちがって聞こえてしまう

（かなり短い間）
だってちがうものなのよ
そうじゃないのよ
（かなり短い間）
でもとにかく言えることは
この目が　ものを離れて見る目だってこと
若いスザンナ
彼一人ぼっちなの
中年のスザンナ
いつも一人ぼっち
年老いたスザンナ
彼一人ぼっちなの
（短い間）
そしてイプセンは
それが一番いいと思ってる
（短い間）
でもわたしはそばにいたわ
わたしはいつもそばにいた
若いスザンナ
イプセンと一緒にいたい

年老いたスザンナ

いつも一緒にいたい
わたし　イプセンと一緒だった
いつもそこにいた
　　（短い間）
そこにいなかったときにも
だから
　　（口ごもる）

中年のスザンナ

できるかぎり
イプセンと一緒にいる
　　（短い間）
でも彼は一人ぼっち
わたしとさえ
一緒にいることができないの
わたしたちは遠く離れている
でもそれはいいこと
彼にとって

年老いたスザンナ
中年のスザンナ
若いスザンナ
中年のスザンナ

わたしにとって
イプセンは誰とも一緒にいられなかった
そんなことできなかった
彼のいた場所は
人と付き合える場所じゃなかった
彼はいつも
同時にさまざまな場所にいた
(短い間)
そしてどこか
すべてのうしろに
目のせいよ
不幸なんだと思う
いつも不幸なの 彼
(かなり短い間)
でも
まあ

まあ　うれしくなるときだって
あるけどね
書くことがうまくいっているとき
つぎつぎと新しい劇場が
戯曲を上演したいと言ってくるとき
まあ　少なくとも
最初はね
喜んでたわ
ぼくの作品があそことあそことあそこで上演される
って話して
喜んでいた
そして評判がよかったら
新聞が褒めて書いたら
そう　喜ぶこともあった
（短い間）
でもいまは

もうそうでもなくなった
もう気にしていない
新聞がどう書いているかも読んでいないし
（かなり短い間）
新聞が悪く書いたら
喜ぶことがあるの
陽気になって
笑って　微笑んで
ご機嫌になって
イプセンはなぜ来ないの
年老いたスザンナ
シグールも
食事するのに
わたしの誕生日を祝うのに
中年のスザンナ
テーブルの用意はできてる
今日シグールは七歳になった
年老いたスザンナ
でもイプセン

どうして来ないの
あなたも
シグールも
（短い間）
イプセンは所有欲がなかった
むしろ　いやがった
（短い間）
ものを持つっていうことが彼を悩ませていた
（短い間）
不自由にしていた
たぶんね
（短い間）

中年のスザンナ

本を買うのはわたし
イプセンはあまり好きじゃない
読書が
わたしは読書が好き

わたしはたくさん読む
　でも彼
　　（口ごもる）

年老いたスザンナ
まあ　イプセン　少しはものを読んだけど
新聞
雑誌
たまに本も
でも文学は
読まなかった
せいぜい
一冊　二冊

中年のスザンナ
イプセンって文学を読むのがいやなんだって
それでも読んでるけどね

年老いたスザンナ
イプセンって文学の密度が濃すぎたのよ
自分のなかのね
彼は入り込みすぎてた

自分の文学のなかに
だからひとのは好きになれなかった
ひとの文学はイプセンの邪魔になるだけ
イプセン自身がイプセンの文学だった
イプセンはますます
自分が自分の文学になっていっている
そして自分の文学は
好きだった
そして好きじゃなかった
たびたび

中年のスザンナ
年老いたスザンナ
中年のスザンナ

(短い間)

年老いたスザンナ
そう
もう憎むほどだった
それは　自分をってことだったのかしら
とにかく自分が書いたものは憎んでいた
ぜんぶ

一字一句
彼はよく
自分が書いたものはぜんぶ
ひどくまちがっているって
（短い間）
そして自分の生きた人生も
ひどくまちがっていたって

中年のスザンナ
イプセンは自分がうまく書けることをよく知っている
でも自分を嫌っている
そして自分の書いたものもすべて嫌っている

若いスザンナ
イプセンっていつも
消えていく感じ
なにか大きなものが消えていく
彼のなかで

中年のスザンナ
ちょうど消えていく瞬間に
彼はそれを書いている

若いスザンナ

でもイプセン　早く来てくれないかしら
テーブルはセッティングされてるし
すべての準備ができてる

中年のスザンナ

イプセンは自分の書くものを理解していない
本当はね
（短い間）
彼がものを書くのは
なにか意味が
あるからではなくて
悲しみがあるから
彼は悲しみに恵まれたの
イプセンは自分を理解していなかった

年老いたスザンナ

（短い間）
だって自分で自分の目は見えないじゃない
彼は無知だったのよ
自分の第三の目のこと

中年のスザンナ　なにが言いたいの
どういう意味なの
ってわたし聞くの
するとイプセンは首を振って
なんにも
意味はないよ
年老いたスザンナ　イプセンは悲しみに恵まれたの
だからあんなふうに書いたのよ
（かなり長い間）
若いスザンナ　雨が降る
いつも雨が降ってる
泥だらけ
ベルゲンの通りは
シグール
中年のスザンナ　どこの学校に行かせるの
この子だって

若いスザンナ

学校に行かなければいけないのに
わたしイプセンに恋してる
（短い間）
だって彼の姿が浮かぶんだもん
一日中
夕方
ベッドに寝ているときも
彼が見える
夜だって
（口ごもる）

中年のスザンナ

一度も後悔したことない
イプセンと一緒になったこと

年老いたスザンナ

貧しかったときでも
おなかいっぱいに食べられなかったときでも
イプセンと一緒になったこと　後悔しなかった

中年のスザンナ

稼いだお金をぜんぶ飲んでしまったときもそう

（短い間）
クリスチャニアの通りに寝っ転がって
汚い水たまりのなかで
彼が見つかったときも
彼　飲みまくって
彼　飲むのが好きなの
悲しみが小さくなったのよ
飲むと
（短い間）
そう　痛みが減ったの
（短い間）
ひどい言葉
痛み
大きすぎる
小さすぎる
そしてすごくまちがってる

年老いたスザンナ
中年のスザンナ
年老いたスザンナ

中年のスザンナ

Schmertz／シュメルツ
Haben Sie Schmertz／ハーベン・ズィ・シュメルツ
ってわたし〔ドイツ語で〕言った
あなた痛いの
そしたら彼　笑った
それで少し和らいだ
イプセンはわたしがほしかったの
そして
（かなり短い間）
ある意味　彼はわたしに結ばれているの
彼　わたしが必要なの
わたしなしでは破滅してたわ
消え去っていたわ
ヘンリック・イプセンはわたしなの
（笑う）
だってそうよ

年老いたスザンナ　誰も知らない
　　　　　　　　わたしがヘンリック・イプセンであること
中年のスザンナ　わたしなしではイプセンはなにもできないの
　　　　　　　　彼のまわりに
　　　　　　　　そして彼のなかに
　　　　　　　　わたしはいなきゃいけない
　　　　　　　　　（短い間）
　　　　　　　　っていうか　どう言えばいいのか
　　　　　　　　わたしが彼を書いてるの
　　　　　　　　それから彼が書くの
　　　　　　　　第三の目で
　　　　　　　　見つめながら
　　　　　　　　それからわたしが書くの
　　　　　　　　彼を通して
　　　　　　　　　（短い間）
　　　　　　　　こんなこと誰にもわからない

（間）
こんなことわかるものじゃない
若いスザンナ　わたし　イプセンがほしい
中年のスザンナ　イプセンがほしかったのはわたし
年老いたスザンナ　わたし　イプセンがほしかったの
中年のスザンナ　いや
（かなり短い間）
わたしが彼をほしかったの
わたしが決めたの
当然でしょ
わたしが自分にこう言ったの
イプセンが
ほしい
若いスザンナ　わたし　イプセンがほしい
（短い間）
でもどうして

彼のどこが
（考える）
もしかしたら
（口ごもる）
でもどうしてイプセンは来ないの

中年のスザンナ
イプセンはかわいそう
イプセンはいつもかわいそうだったんじゃないかな
イプセンといると悲しくなる
果てしなく悲しくなる
なのに
だからこそ
わたしは彼がほしいの

若いスザンナ
なにも後悔していない

年老いたスザンナ
（短い間）
でもイプセンは後悔した
たぶんすべてを後悔したんだと思う

わたしのことも
自分が書いたものも
　(短い間)
迷ってたのかも
自分のしたことがぜんぶまちがいだと思ってた
なんの価値もないって
自分になんの価値もないって
書いたものすべてに
なんの価値もないって
みんなにとって
自分は厄介者だって
　(短い間)
わたしにとってもだって
　(短い間)
そうは言わなかったけど
彼はね

中年のスザンナ

年老いたスザンナ

そうね
自分が何者でもないと思ってるの
ひとの邪魔をしてると思ってるの
そこにいるだけで
そしてわたしは
どうなのかしら
(口ごもる。短い間)
でもイプセンはどこなの
あっちのベッドで寝てるのかしら
(ふり返ってドアのひとつを見つめる)
イプセンはあそこで寝ている
(間)
そして彼の服は
上着
ズボン
ベッドの上に

おいたままにはできない
戸棚のなかに
かけたままにはできない
服を整理しないと
運び出さないと
ねえ考えて　わたしが年をとったら
おばあさんになったら
賢いおばあさんになったら
わたしはここにいるだけ
そしてイプセンはあのなかでベッドに寝ている
そう考えるの
イプセンがいないなんて考えられない
そして
（短い間）
ここにいないって
イプセンは運ばれていったって知っているけど

若いスザンナ

年老いたスザンナ

信じない
だってここにいるんだから
ここにいなければいけないんだから
わたしイプセンがここにいるって知ってる
（短い間）
いないのに
彼は行ってしまった
それなのに
（口ごもる、短い間）
いいえ　イプセンはここにいます
イプセンがここにいることを　わたし知ってる
（間）
わたしはずっとここにいるじゃない
だからイプセンもいなくちゃいけないの
わたしは表に出ない
たった一度だけ

この長い年月で
ここにいなかったことがあったの
そのときは
そう　わたし　階段の下まで運んでもらったのよ
わたし　階段を降りられないから
運ばれたの
降ろしてもらったの
一段一段
（ためらう）
ねえ　わたし年とったら
もしかすると
うまく歩けなくなってしまうかも
体中が痛い
歩くのがつらいときがある
（続ける）
そして車で送られたの

若いスザンナ

中年のスザンナ

年老いたスザンナ

救世主墓地まで
ヘンリック・イプセンの墓まで
そう　彼のお墓はそこにある
でも彼は
ヘンリック・イプセンは
そこにはいない
彼はここにいる
わたしと一緒に
そして
でもイプセン
早く来てくれないかな
もう待ちくたびれた
テーブルは支度できてる
彼と
マグダレーネお義母さんと
そしてわたしのぶん

若いスザンナ

中年のスザンナ
食事しないと
さあ　イプセンとシグールももうすぐ来ないと
シグールの誕生日を祝うのよ
だって今日　シグールは
七歳

年老いたスザンナ
（続ける）
そしてまたわたし　階段の上まで運んでもらったの
運んでくれた人たちはその後帰っていった
そのときイプセンはここにいた
（あたりを見回す）
そして
（口ごもる。窓のほうを見る、うれしそうに）
ああ　あなた
もう書きたくないのね
今日はここまででいいのね
そしてちょっとお散歩したいのね

でもお食事は
さあ　いただきましょうよ
シグールも
（口ごもる、短い間）
シグールが来るのよ
おぼえてるでしょう
わたしの誕生日だってこと
今日
（間）
あら　そうなの
でも言ってたわよ
シグール
そう　来るって
彼とあなたとわたしで
食事をするって
わたしの誕生日をお祝いするって

昔したように
（短い間）
言ってたわよ
（口ごもる。短い間）
シグールは今日来られない
（短い間）
シグールは週末に来る
彼とベルグリョット[21]
そして孫たちと
ええそうなの
週末にならないとシグールは来ない
あら　うれしい
みんなで来るって
（短い間）

21　シグールの妻。作家ビョルンソンと女優カロリーネの娘。

行くの
でも
（口ごもる。間）
イプセンは
（口ごもる。短い間）
イプセンはちょうどさっきまでここにいたのに
わたし
（口ごもる。短い間）
彼の服だって
ベッドの上においたまま
戸棚のなかにかけたまま
（短い間）
イプセンはもう着替えない
着替える必要なんてない
ヘンリック・イプセンは死んだ
でもここにいる

わたしは知ってる
だってわたし　イプセンと話をする
（かなり短い間）
以前と同じように
彼と話している

中年のスザンナ
イプセンとシグールはなぜ来ないの
食事するのに
シグールの誕生日を祝うのに
あの子の七歳の誕生日

若いスザンナ
さあ　もうすぐイプセンが来る
（短い間）
ヘンリック・イプセンとわたし
わたしたち結婚するの
わたし決めた
そしたらカロリーネに証人になってもらおうかな

中年のスザンナ
もう二度とカロリーネに会いたくない

若いスザンナ
みんなにわたしの悪口を言いふらして
本当はわたしがうらやましいの
わたしのイプセンが偉大な作家だから
彼女のビョルンソンじゃなくて
カロリーネは言ったの
自分に娘が生まれて
わたしに息子が生まれたら
それかその反対になったら
ふたりは結婚するって
シグールはベルグリョットと結婚するの
わたしたちが言ってたとおりになったわ
そのことまでわたしたちが決めたみたい

中年のスザンナ
わたしのシグール

年老いたスザンナ
そしてカロリーネのベルグリョット
は夫婦になった
(間)

若いスザンナ
ヘンリック・イプセン
（窓まで歩く）
きっともうすぐ来るわ

中年のスザンナ
音楽友好協会の舞踏会で
わたしたちは踊らなかった
ずっと座って話をしただけ
（短い間）
その後イプセンはわたしに手紙を書いた
（かなり短い間）
イプセンは書いたの
彼とわたしが一緒になれば
人生よくなるって

年老いたスザンナ
マグダレーネお義母さんはイプセンが気に入らなかったわ
彼　うじうじ　もじもじしていて
ぎこちなくて
まったく　笑わせるわ

中年のスザンナ

だって
今日シグールの誕生日を祝うの
シグールは今日で七歳
（短い間）
シグールに新しい服を買う
お金がないの
イプセンの古くなったものを
切って
シグールに新しい服を縫ったの
わたしね　シグールの服は大きめに縫ったの
しばらく着られるようにね
Du trets in deine Hosen ／ドゥ・トレッツ・イン・ダイネ・ホーゼン[22]
やーい裾踏んでるぞ
って囃し立てられた
ほかの生徒たちに

後で知ったわ
だからシグール
（短い間）
友達を家につれて来たくなかったのね
見られたくなかったの
わたしたちがどんなに貧しいか
（短い間）
イプセンとシグールは散歩に行ってる
もどって来たらみんなで食事
シグールの誕生日を祝うの
今日　シグールは七歳になった
そして誕生日プレゼントには
イプセンがシグールにお札の絵を描いたの
うちにお金が入って来たら

22　ドイツ語：「ズボン踏んでるよ」大きすぎるズボンをはいているから。

若いスザンナ

絵のお札を換えるの
本物のお金に
どうしてなの
イプセンもうとっくに
来てるはずなのに
もしかしたら来ないのかも
わたしに会いたくないのかも
わたし　醜いから
マリーエお姉さんのほうがずっと美人だし

年老いたスザンナ

シグール
いつもやさしくていい子
もらったお金で
お母さんとお父さんにプレゼントを買ってくれた

若いスザンナ

ほかの女の子たちは
みんなわたしより美人
わたし大柄なの

中年のスザンナ

大きすぎるの
食事が終わったらイプセンは
いつもと同じように
シグールとトランプで遊ぶ
わたしが縫い物しているあいだ
ふたりは座って遊んでる
（短い間）
そして今夜
（少し得意そうな間）
シグールが寝た後
イプセンは新しい戯曲を朗読してくれる
それは
（口ごもる）

年老いたスザンナ

イプセンは戯曲を書き終えると
必ずわたしに朗読してくれた
毎回

中年のスザンナ　新しい作品を
イプセンはもう書きたくないって
（かなり短い間）
でも書くことだけが彼にできることなのよ
（かなり短い間）
イプセンは書かなければいけないのよ
若いスザンナ　イプセンは偉大な作家になるわ
（短い間）
わたしがイプセンを
偉大な作家にする
わたしがヘンリック・イプセンをヘンリック・イプセンにする
中年のスザンナ　ヘンリック・イプセン
年老いたスザンナ　ヘンリック・イプセン
（短い間）
そしてあの若い女たち
エミーリエ・バルダッハ

中年のスザンナ
ベルゲンじゃなくて
ウィーンから来た
イプセンったら　もう二度と
戯曲を書けないなんて言うの
いつもそう言うの
一作書き終えるたびに
年老いたスザンナ
イプセンは両親には二度と会いたがらなかった
実際　二度と会わなかった
手紙一通　書かなかった
一度も会いに行かなかった
中年のスザンナ
イプセンはお芝居を見に行きたくないの
人に会いたくないの
知らない人に道で話しかけられたり
したら
そういうの大嫌いなの
年老いたスザンナ
イプセンはノルウェーに帰りたくないの

わたしはノルウェーにとても帰りたかった
（短い間）
そして
（かなり短い間）
十年たって
わたしたちはノルウェーに帰った
でもイプセンは誰にも会いたくなかった
両親にも
兄弟にも
（短い間。あたりを見回す）
イプセンとシグールはなぜ来ないの
今日はわたしの誕生日なのに
（部屋の真ん中あたりを見つめる）
イプセンったら
（短い間）
あら　でも

（短い間）

窓

ねえ　閉めてくれない

（短い間）

中年のスザンナ

六月十八日[23]わたしたちは結婚した

（短い間）

でも父が
立派で陽気なトーレセン牧師
が亡くなったばかりだった
まだ五十二歳だった
結婚式は静かだった
悲しみに包まれていた
だって父はまだ埋葬もされていなかったのよ
でも悲しみのなかで結婚を祝うのは

23　婚約から二年後の一八五八年六月一八日。その一週間前にスザンナの父は亡くなっている。

わたしたちふたりに合っていた
ヘンリック・イプセンにも
わたしにも
若いスザンナ
わたしイプセン夫人になるの
中年のスザンナ
そしてシグール
わたしたちのたった一人の子供
わたし　子供はもうほしくなかった
カロリーネにそう言ったの
そしてシグールは今日七歳になった
今日は彼の誕生日
(短い間)
年老いたスザンナ
(窓のほうを厳しい目つきで見る)
あら　お願いだから
ねえイプセン
窓　閉めてくれない
すきま風がひどくて

（かなり短い間）

痛むのよ
いつも痛むのよ
イプセンはカフェに座って
ビールを飲んでた
朝っぱらからいることもあった
ビールグラスとともに
一日中いた
飲み屋を探してみて
ってわたし言った
誰かが彼を訪ねてきたら

中年のスザンナ

もう子供はほしくなかった

年老いたスザンナ

（長い間）

あの女中

中年のスザンナ

（口ごもる、かなり短い間）

そしてわたし

若いスザンナ　彼わたしのこと大鷲って呼ぶの
年老いたスザンナ　わたしのこと猫ちゃんって呼ぶの
マダム
マダムって呼ぶの
（短い間）
若いスザンナ　猫ちゃん
って言うの
中年のスザンナ　大鷲
って言うの
年老いたスザンナ　マダム
わたしはマダムなの
（長い間）
中年のスザンナ　住むところがなかった
家具がなかった
なにもなかった
年老いたスザンナ　イプセンはものを持ちたくないの

わたしたちが持ってたものは
絵が何枚かだけ
イタリア絵画
イプセンはなぜ来ないの
イプセンとシグールもそろそろ来ないと
でもイプセンったら
若いスザンナ
さあ来て食事にしましょう
中年のスザンナ
シグールは来ないのかしら
年老いたスザンナ
今日はわたしの誕生日なのに
（短い間）
でもあなたはいつも　あまり食べなかったわね
小食だったわね
いつも
でもそれでも
食卓の準備はできてるから
イプセン

中年のスザンナ　ねえ来てくれない
　　あの女とできた
　　　（口ごもる）
年老いたスザンナ　それからエミーリエ・バルダッハ
　　　（短い間）
　　ヒルドゥール・アンドレセン
　　　（短い間）
　　エミーリエ・バルダッハ
　　　（短い間）
　　ヒルドゥール・アンドレセンとヘンリック・イプセン
　　　（短い間）
　　そしてわたし
　　　（短い間）
　　わたしはマダムなのよ
若いスザンナ　猫ちゃん
中年のスザンナ　大鷲

年老いたスザンナ　マダム

（短い間）

ぼくのかわいいマダム
なんとやさしく　よく
よくしてくれたんだ
ぼくに

中年のスザンナ　シグールは大泣きするし
イプセンは外に出ていくし
遅くまで帰ってこない
カフェに座って
飲んでた
飲み屋を探してみて
ってわたし言った

年老いたスザンナ　イプセンはどこにいるの
ばかなばかなイプセン
ずっとここにいたのに

どこへ行ったのかしら
イプセンはここにいない

中年のスザンナ　イプセンはどこなの
若いスザンナ　イプセン
どうして来ないの

（間）

年老いたスザンナ　わたし　太陽がたっぷりの国へ行ったの
シグールとわたしで
そしてイプセンはクリスチャニアの街を歩きまわっていた
ヒルドゥール・アンドレセンと一緒に

（短い間）

エミーリエ・バルダッハ

（短い間）

そしてあのリーナ・ヤーコブセン
女中
彼がワンピースをあげた女

若いスザンナ

とびきりすてきなワンピース
わたしは一度も
そんなすてきなワンピースをもらったことがない
コペンハーゲンにいたマグダレーネお義母さんは
わたしに手紙を書いてきた
イプセンは自由になりたがってるって
なんとしても
彼はいまはヒルドゥール・アンドレセンと暮らしたいんだって
あのピアノ弾きの
（短い間）
そしてあの女と
あのリーナ・ヤーコブセンと
わたし醜いの
（かなり短い間）
ほかの女の子たちは
みんなとても美人なの

マリーエお姉さんだってわたしよりずっときれいなの
トスカーナの温泉

年老いたスザンナ

(短い間)

そしてあのリーナ・ヤーコブセン
イプセンは子供のようだって
言いふらしてる
彼はわたしの大きな子供よ
なんて彼女言うの
(短い間)
彼女には出ていってもらわないと
(短い間)
そしてヒルドゥール・アンドレセン
(短い間)
イプセンは両親ともう二度と会わなかった
クヌードとマリッケン・イプセンに
一度も家に手紙を書かなかった

（短い間）
妹のドヴィーグには何度か書いたけど
（短い間）
ヴィア・カポ・レ・カーゼ
イプセン　どうして来ないんだろう
（短い間）

中年のスザンナ

年老いたスザンナ　手紙はみんな燃やしてしまった
わたしたちふたりのものは　ふたりのあいだにだけある
すべてふたりのあいだにだけ残る
彼らにわかることなんか
なにひとつない
彼らにわかるのはちがうことばかり
ふたりのあいだにだけあるものは
やがて姿を消し
なくなる
わたしとともになくなる

（間）

中年のスザンナ　イプセンもうすぐ来るのかしら

（テーブルまで行き、座る）

若いスザンナ　イプセンたらいったいどこに行ったのかしら

（テーブルまで行き、座る）

中年のスザンナ　さあ　そろそろイプセンが来る

（テーブルまで行き、座る）

（照明が暗くなる）

ぼくは風

アンネ・ランデ・ペータス／長島確訳

『ぼくは風』は、架空の、想像のなかの船で演じられ、行動も架空のものであり、
実際に行わずに想像させなければならない。

登場人物

ひとり

もうひとり

ひとり　　望んでたわけじゃない
　　　　　ただやったんだ
もうひとり　ただやったんだ
ひとり　　うん
　　　　　　　（短い間）
もうひとり　ただそうなった
　　　　　でもきみはそれを
　　　　　恐れてたじゃないか
　　　　　　　（短い間）

そう言ってたじゃないか

(かなり短い間)

ぼくに言ったよ

ひとり　うん

(間)

もうひとり　そしてそうなった

(かなり短い間)

そうなるんじゃないか

(かなり短い間)

やっちゃうんじゃないかって　きみが恐れていたことが

(かなり短い間)

そのとおりになった

(短い間)

ひとり　うん

(間)

もうひとり　ひどいよ

ひとり　　　ぼくは満足だよ
もうひとり　うん
ひとり　　　ぼくはもういない
　　　　　　風とともに去った
もうひとり　きみはもういない
ひとり　　　ぼくはもういない
　　　　　　　（短い間）
　　　　　　もう存在しない
　　　　　　　（口ごもる）
もうひとり　きみはもう存在しない
ひとり　　　うん　もう存在しない
　　　　　　　（短い間）
もうひとり　でもね
ひとり　　　うん
もうひとり　ね
　　　　　　ね

人生ってね
　（短い間）
そんなに悪くない
　（かなり短い間）
だろ
　（かなり短い間）
いろんな居場所
があるんだよ

ひとり

うん
そうかも
それともどこにも
居場所はないのかも
　（かなり短い間）
それでも必ず
　（かなり短い間）
ね　どこかにいないといけない

（短い間）
でもがまんできないんだ
（かなり短い間）
みんなの立てる音が
まわりの音が
（かなり短い間）
押し寄せてくるんだ
ぼくを包み込むんだ
（かなり短い間）
ひとりでいたいんだ
ひとりじゃいられない
きみは　ひとりでいることもできないし
みんなともいられない
うるさくてがまんできない
静かなのがいいんだ
静かなのがいい

もうひとり
ひとり
もうひとり
ひとり
もうひとり
ひとり

（かなり短い間）
そして
なんにもはっきり見えないのがいい
もうひとり
なんでもはっきり見えるの
ひとり
すべてがはっきり見える
すべてが一目瞭然だ
人が言葉で隠していること
そして自分でも気づいていないかもしれないこと
ぼくにはすべて見える
もうひとり
みんなと一緒にいたくないんだ
ひとり
うん
もうひとり
そしてひとりでもいたくない
なんでひとりでいたくないの
ひとり
だって　ひとりでいると
自分しか見えないから
そして自分しか聞こえない

ぼくは自分を見たり聞いたりするのが好きじゃない
（かなり短い間）
決まってるだろ
（かなり短い間）
つまり
（口ごもる）
もうひとり　別にいいじゃない
ひとり　よくないよ
（かなり短い間）
むしろ悪い
もうひとり　自分が好きじゃないんだ
ひとり　うん
もうひとり　他人が嫌いで
自分も嫌い
ひとり　うん
そうなんだ

もうひとり　どこがいやなの
　（間）
ひとり　自分の
自分がなにものでもないのがいやなんだ
もうひとり　自分がなにものでもない
ひとり　うん
　（間）
もうひとり　どうしてそんなこと言えるの
なにものでもないはずないじゃないか
いろいろあるじゃないか
ひとり　そうか
　（短い間）
でもひとりでいると
　（かなり短い間）
そしてただ
自分に耳を傾けていると

そしたら
（口ごもる）
そしたら
そこにはなにもなくて
（かなり短い間）
ぼくは重くなる
重くなる
うん
重く
石になる
うん
（かなり短い間）
そしてその
石は
どんどん重くなっていって
（かなり短い間）

もうひとり
ひとり
もうひとり
ひとり
もうひとり
ひとり

重くなりすぎて
ほとんど動けなくなる
（かなり短い間）
重くなりすぎて
沈んでいく
（かなり短い間）
下へ下へ
下へ
（かなり短い間）
海の下まで
そう　海の底まで
ぼくは沈んでいく
そして
（かなり短い間）
うん　そこに横たわったまま
海の底で

もうひとり

重く
動かなくなる
そして
石になったきみは
（かなり短い間）
そしたら

ひとり

ねえ
ねえ　きみはなにも言わない
なにも言えないんだ
（かなり短い間）
だってひと言ひと言　引き剝がさなければいけない
引きずり出して
（かなり短い間）
そうして　やっと
その言葉が出ると
その言葉が言われると

重たいんだよ
（かなり短い間）
その重みもぼくに加わる
（かなり短い間）
そしてぼくは沈む

もうひとり　そうか

ひとり　言葉が重くなるんだ
うん
（短い間）

もうひとり　でもどうしてそうなの

ひとり　ただそうなんだよ
（短い間）

もうひとり　きみは石
（かなり短い間）
きみは灰色だ
（かなり短い間）

　　　　そう　石みたいに
ひとり　うん
　　　　（かなり短い間）
　　　　まるで
　　　　（口ごもる）
　　　　いや　そうじゃないよ
もうひとり　なにじゃない
ひとり　灰色じゃない
もうひとり　どういうこと
ひとり　だから灰色だってこと
　　　　灰色じゃない
もうひとり　そう
ひとり　だって灰色は
　　　　きれいだよ
もうひとり　きれい
ひとり　そう　きれい

そして醜い
（かなり短い間）
灰色は　なにも生えていない小島　海から突き出てる岩だ
ほら
あそこ見て
小島や岩が見えるだろ
灰色だ
もうひとり　きれいだね
（かなり短い間）
そして醜い
ひとり　うん
もうひとり　霧みたいにね
ひとり　そうだね　ちょっと
うん　向こうに見える霧
沖のほうの
にちょっと似てる

（かなり短い間）
かな
（かなり短い間）
いや　違うよ　霧みたいな
灰色
（かなり短い間）
じゃなくて

もうひとり　うん
ひとり　（続けて）
それより
あれだ
コンクリートの壁かな
もうひとり　まるですべてがコンクリートの壁みたい
ひとり　ぼくはコンクリートの壁だ
ひび割れる
もうひとり　痛そうだな

ひとり　うん　痛い
もうひとり　痛みのかたまり
ひとり　うん
もうひとり　きみはただ
　（かなり短い間）
ひびが入って割れる
コンクリートの壁　それだけなんだ
ひとり　崩れて
　（かなり短い間）
粉々になる
もうひとり　きみは粉々なんだ
ひとり　いや　ぼくはひび割れなんだ
　（かなり短い間）
いや　それも違う
もうひとり　ひび割れるときの音
ひとり　そうとも言える

　　　(かなり短い間)
　　もしかすると
　　　(かなり短い間)
　　ひび割れる音かもしれない
もうひとり　きみはひび割れる音なんだ
ひとり　うん
　　　(かなり短い間)
　　でも
　　　(かなり短い間)
　　それもただの言葉にすぎない
　　口で言ってるだけだ
もうひとり　きみはひび割れ　崩れ落ちる
　　コンクリートの壁
ひとり　それもただの言葉にすぎない
　　　(間)
もうひとり　でもね

　　（かなり短い間）
ねえ　ちょっと話してくれない
　　（かなり短い間）
なにがいいのか
どうして好きなのか
ねえ
　　（かなり短い間）
海にいるのが
もちろん
　　（短い間）
ひとり
じゃあ言えよ
もうひとり
ぼく
ひとり
　　（間）
ぼく
うん
ほら　あそこに見えるかな

小さな島々
あそこ
（指す）
あの岩山
灰色の
なにも生えてない灰色の岩山
（かなり短い間）
波打ち際の砂利が見えるかな
大粒の
丸くて
灰色
見えるかな
（かなり短い間）
あそこ
あそこだよ

もうひとり　うん

ひとり　そしてあの入り江　見えるかな
　（かなり短い間）
あれ
あの　島が股を広げてるみたいな
　（かなり短い間）
島に入り江がある
　（指す）
あそこ
見えるだろ
もうひとり　うん
ひとり　あそこに船を泊めよう
あそこなら船も安全だ
　（かなり短い間）
あそこへ入れようか
　（かなり短い間）
あそこに泊めようか

もうひとり　ああ
ひとり　いいよ
じゃあそうしよう
（ひとりは舵を回す。船は入り江へと進む）
もうひとり　きれいだな
（かなり短い間）
それに今日の海は静かだ
（かなり短い間）
小さな島々
そして海
（かなり短い間）
向こうには
（かなり短い間）
向こうは広い海だ
ひとり　うん
もうひとり　そして

ほら　ぼくらの目の前に
ぼくらと広い海のあいだに
あの島のなかに
海から守られた　すてきな入り江がある
ひとり　そこに船を泊めて
（かなり短い間）
でもしよかったら
うん　あしたまでいようか
もうひとり　でも安全かな
ひとり　天気はいいよ
もうひとり　嵐にならないよね
だって少し霧が出てる
ほら　沖のほうに
ひとり　いや
（かなり短い間）
そんなことないと思うよ

もうひとり　絶対に
ひとり　絶対とは言えないだろうけど
（間）
もうひとり　あそこまで行こうよ
ひとり　うん
もうひとり　行こうか
ひとり　いいよ
うん
（間）
もうひとり　できみはなにもかも静かなのが好きなんだ
ひとり　うん
（かなり短い間）
もうひとり　だからなんだ
ね
だからこんなに好きなんだ
海にいるのが

ひとり　うん　そうかも
もうひとり　海にいるのが好きなのは
なにもかも静かであってほしいからか
ひとり　それはわからない
だって音はあるからね
海の上でも
きしる音
はためく音
きしむ音
もうひとり　でもきみは音が嫌い
ひとり　うん
（かなり短い間）
っていうか
（口ごもる）
もうひとり　でも海の上は静かだよ
そうだよ

（かなり短い間）

音自体が静かっていうか

ひとり　うん

（かなり短い間）

それなりにね

静けさはある

もうひとり　でも生命が存在するところには音がある

目で見ることもできる

そういうもんなんだよ

ひとり　うん

（間）

もうひとり　で　きみはそれがいやなんだ

（間）

生命が存在してるのがいやなんだ

（間）

だってそれが好きだったら

うん
（口ごもる。間）
でも海にいるのは好きなんだ

ひとり　うん
（間）
いや
（かなり短い間）
いや
（かなり短い間）
いや　ぼく
（口ごもる）

もうひとり　なに

ひとり　ぼくは
（かなり短い間）
ここにいるだろ
な

ぼくには居場所がある
人にはそれぞれ自分の居場所がある
ぼくにはぼくの居場所がある
どんなものにも居場所がある
（短い間）

もうひとり　でも　ここにいなければよかったのに
（かなり短い間）
っていうか
この船のなかにだぞ
（口ごもる）

ひとり　ここにいるじゃないか

もうひとり　でもいたくないんだろ

ひとり　でも　ほかの場所にいたいっていうわけでもないんだ

もうひとり　きみはなにも望むことがないんだ
（短い間）
なにも望まないってありえるかよ

（かなり短い間）
寒ければ
もっと服を着る
（かなり短い間）
だろ
それかなんとかして
温まる
ひとり　うん
（間）
もうひとり　で　腹が減ったり
のどが渇いたりすると
そしたら
（口ごもる）
ひとり　うん　そしたら食べる
飲む
もうひとり　うん

　　　　　　　（短い間）
　　　　　きみもそうだろ
ひとり　　たまにはね
　　　　　　　（間）
もうひとり　だろ　望むことはあるんだ
ひとり　　うん　かもね
　　　　　　　（かなり短い間）
　　　　　それが望みというものならね
もうひとり　そうじゃないの
ひとり　　それはたんにここにいるからじゃないのかな
　　　　　　　（口ごもる。かなり短い間）
　　　　　だろ　その　きみが
　　　　　　　（口ごもる。かなり短い間）
　　　　　きみが言ってることって
　　　　　　　（口ごもる。かなり短い間）
もうひとり　そうかもね

　　　（間）
　でもし誰かが
　ぼくが
ひとり　うん　ぼくがきみを殴れば
　身を守ろうとするよ
もうひとり　それもある意味　望みと呼べるんじゃないの
ひとり　そうかもしれない
　　（かなり短い間）
　殴られるって痛いもんな
　　　（間）
もうひとり　生きとし生けるものの命は絶たれてはいけない
ひとり　命は生かさなければいけない
もうひとり　で　それが
　　（かなり短い間）
　きみは好きじゃないんだ
ひとり　いや

もうひとり　じゃあ　どうして
　　　　　（かなり短い間）
　　　　　どうして
　　　　　うん
　　　　　（口ごもる）
ひとり　いつもそうだっていうわけじゃないんだよ
もうひとり　いつもきみが言ってたみたいじゃないってこと
ひとり　そう
　　　　　（かなり短い間）
　　　　　違うときもあるんだよ
　　　　　そうじゃないこともときどきあるんだよ
もうひとり　海にいると
　　　　　違う
ひとり　うん
もうひとり　きみが子供だったころは
　　　　　そうじゃなかった

ひとり　うん
もうひとり　じゃあどうだった
ひとり　あのころはすべてが動いてた
（間。ひとりは錨を持ち上げる）
でもいまは
（かなり短い間）
さあ着いたよ
ほら
ぼくらの入り江
もうひとり　うん
（ひとりは錨を放す）
ひとり　そしたら
（かなり短い間）
うん　きみが甲板に出て
（かなり短い間）
舳先に立って

船をつなぐ準備　してくれないかな
(かなり短い間)
ロープは
うん　舳先のとこにある
(指をさす)
そうそこ
そうそう　そこの箱のなか
(指をさす)
でも早くしろよ
(指をさす)
そう
そう　甲板に出て
もうひとり　で
ひとり　うん
(かなり短い間)
だから

だから　岸に着いたら
そしたら　きみが跳び移って
うん

もうひとり　で
ひとり　そしたら　船をつないで
もうひとり　うん
ひとり　さあ　行けよ
頼むよ
早くしないと
急いで
もうひとり　うん
（かなり短い間）
ぼく　これでも急いでるんだよ
（もうひとりは甲板に出て前へ進む。ロープを取り出す）
ひとり　さあいまだ
跳べよ

（かなり短い間）
いま跳ばないと
跳び移れよ
（もうひとりは跳ぶ、すべる、ころぶ、けがをする）
大丈夫か
もうひとり　すべっちゃった
（もうひとりは立とうとする。立ち上がるが、痛い）
ひとり　大丈夫か
もうひとり　うん
（かなり短い間）
うん　ちょっと打っただけ
ひとり　うん
もうひとり　でも大丈夫だよ
ひとり　じゃ　そこにつないで
（かなり短い間）
そう　そこ

（かなり短い間）

もうひとり　そう　そこの杭に

ひとり　うん

（間）

もうひとり　痛む

ひとり　少しね

もうひとり　うん

（短い間）

ひとり　早くしろよ

もうひとり　たのむよ

ああ

（短い間）

ひとり　ええと　なにをすればいい

ロープを縛るんだよ

（かなり短い間）

そこの杭にさ

もうひとり　で
ひとり　そしたらまた船に戻るんだ
もうひとり　そんなことできないよ
ひとり　船　こんなに離れてるじゃないか
もうひとり　船を引っ張るんだよ
そうか
（かなり短い間）
じゃあやってみる
（もうひとりは船を少し引き寄せる）
これ以上近くに寄せられない
ひとり　そうか
（短い間）
船に跳び移れる
もうひとり　やってみる
（もうひとりは跳び、手すりをつかむ。なんとか甲板に転がり込むことに成功する）

ひとり　よし　うまい
もうひとり　うん
　　　（かなり短い間）
　　　うん
　　　でもなんとか乗れた
ひとり　ああ
　　　（間）
もうひとり　で
　　　さて
　　　（かなり短い間）
　　　ええと
　　　船を泊めたら
　　　うん
　　　（口ごもる。かなり短い間）
　　　次はなにする
　　　（間）

ひとり　うん
もうひとり　うん
（かなり短い間）
どうする
ひとり　まあ
（短い間）
船を泊めた後は
うん
（かなり短い間）
そしたら　うん
（かなり短い間）
そしたら一杯やるんじゃないかな
もうひとり　お祝いに
ひとり　当然だ
（短い間）
じゃあ　一杯ずつ注ごうか

もうひとり　そうか

悪くないな　一杯やろう

（ひとりは瓶とグラスを取りに行く）

ひとり　うん　一杯やったら絶対うまい

（ひとりは両方のグラスをもうひとりに渡し酒を注ぐ。そしてグラスをひとつもらう）

これはうまいぞ

（短い間。ひとりは瓶を置く）

乾杯

もうひとり　乾杯

（乾杯し、飲む）

ひとり　ああ　うまい

（間）

きれいなところだ

ねえ

（かなり短い間）

あの灰色の島
なにも生えてない
なにも育たない
（かなり短い間）
はげあがった岩だらけの島
灰色と黒
波打ち際の石
ごろごろしている
（かなり短い間）
で
あそこ
あのうしろには
海がある
（かなり短い間）
そしてそこでは
海と空が触れる

（かなり短い間）
そして海は静かだ
もうひとり　うん
ひとり　ここはなにも育たない
（かなり短い間）
灰色の岩だけさ
もうひとり　でも　島が多いね
海から突き出す岩も多いし
（かなり短い間）
海と
空と
（長い間。ひとりは酒を注ぐ。ふたりは飲む）
ひとり　ああ　しみる
もうひとり　うん
（短い間）
ひとり　静かだね

もうひとり　聞こえるのはただピチャピチャと
　　　　　　船を打ってははねる波の音
ひとり　　　うん
　　　　　　ぼくらもふわふわ浮いている
　　　　　　（かなり短い間）
　　　　　　ぼくら軽い
　　　　　　　っていうか
　　　　　　　（かなり短い間）
　　　　　　ぼくらのなかに風があるみたい
もうひとり　ぼくらがゆれてるみたいだな
ひとり　　　うん
　　　　　　うん　気持ちいい
もうひとり　船もゆれてる
ひとり　　　ぷかぷか　浮かんでる
　　　　　　ゆらゆら　ゆれてる
　　　　　　（かなり短い間）

うん　そうそう

もうひとり　ぼくらは軽い
風のように軽い
（かなり短い間）
っていうか

ひとり　そしてぼくらもゆれてる
はるか高い　空中で
（かなり短い間）
軽く
船と一緒に

もうひとり　うん
（間）
うん
（かなり短い間）
うん　ぼくらは軽い
（かなり短い間）

うん
(かなり短い間)
でも
(かなり短い間)
さっき
言ってたよね
ときどき
重たくて
(かなり短い間)
石のようだって

ひとり
うん
(短い間)
もうひとり
どういう意味
ひとり
いや　べつに
もうひとり
べつに
なんか意味あったんだろ

ひとり　　ただの言葉だよ
　　　　　口にしただけ
　　　　　意味があったわけじゃないよ
　　　　　口から出ただけだよ
もうひとり　口から出ただけ
ひとり　　そう
　　　　　　（かなり短い間）
　　　　　ただの言葉
もうひとり　石
　　　　　石って言葉
ひとり　　意味なく口に出すことってあるだろ
もうひとり　うん
ひとり　　うん
　　　　　　（かなり短い間）
　　　　　うん
　　　　　　（かなり短い間）

なんの意味もないよ
（かなり短い間）
人はね　わざと別のことを言って
なにかを言おうとするんだ
もうひとり　本当のことが
言えないから
ひとり　うん
（かなり短い間）
そうなんだよ
（短い間）
もうひとり　言葉だけになる
ひとり　言葉に　言葉
（間）
もうひとり　でもきみが言ったこと
（かなり短い間）
そう　自分が　ひび割れていく

ひとり　コンクリートの壁だってこと
　　　　うまく言えなかった
もうひとり　でもイメージが浮かぶよ
ひとり　うん
　　　　（かなり短い間）
　　　　そうだね　これがイメージ
　　　　なんだろうね
もうひとり　そしてイメージは
　　　　（口ごもる）
ひとり　なにかを意味してるんだろうね
　　　　（かなり短い間）
　　　　微妙に　なにかを
　　　　（かなり短い間）
　　　　でも　それよりも　心にもないことを言っているんじゃないかな
　　　　（かなり短い間）
　　　　言いたいことじゃなくって

もうひとり　っていうか
　　　　　　その
　　　　　　イメージっていうのは
　　　　　　なにかを言おうとしているんだ
　　　　　　　（かなり短い間）
　　　　　　ほかに言いようがないなにかを
　　　　　　と思う
ひとり　　　うん
　　　　　　そう思うよ
もうひとり　でも　違うことを語っている
ひとり　　　そうだろうね
　　　　　　　（かなり短い間）
　　　　　　それにどの言葉だって　そうなんだと思う
　　　　　　　（かなり短い間）
　　　　　　でも
　　　　　　ものごとがどうなのかってことは

言葉じゃ言えないんじゃないか
だって
ものごとって言葉じゃないから
なにかそこにあるもので

もうひとり　（かなり短い間）

同時にまったくなくて　存在していないのに
そこにあるものよりも
はるかにそこにあるっていうか
そして

（口ごもる）

ひとり　うん

（短い間）

でも
うん

（かなり短い間）

ぼくが言っていることは　全部

言葉にするのは不可能だ
それはわかってる
　（短い間）
だから　なにかを口にしても　意味ないんだよね
でも
　（かなり短い間）

でもね
　（かなり短い間）
生きてるからにはね
なんか言わなくちゃならないんだ
　（かなり短い間）
それから
　（口ごもる）

もうひとり
　それから
　（かなり短い間）
それからどうなるんだ

ひとり　どうなるって
もうひとり　だってここでじっとしているつもりじゃないんだろう
（かなり短い間）
だろ　この船のなかで
（かなり短い間）
ひとり　いいじゃないか
もうひとり　そうか　いいかもね
ひとり　静かだ
もうひとり　うん
（かなり短い間）
いまは　すべてが
ただただ　静かだ
（短い間）
ひとり　静かだと　いやか
もうひとり　いや
ひとり　でもあんまり

もうひとり　いや
（かなり短い間）
でも　ぼくはわかってないんじゃないかな
（かなり短い間）
完全にはわかってないんだよ
その　なんなのか
なにがそんなにいいのか
っていうか
ひとり　そうか
もうひとり　教えてくれない
ひとり　いや
（かなり短い間）
そんなことどうでもいいや
もうひとり　さっきみたいにさ
ひとり　うん
（間）

いや　ぼく　ただ好きなんだ
すべてが静かってことが
ただ好きなんだ
（かなり短い間）
で　あの軽い風が
好きだ
（かなり短い間）
好きなんだ
（かなり短い間）
軽いのが
軽くてゆれてるのが
重い船のなかでね
（かなり短い間）
それが好きだ

もうひとり　うん

ひとり　船に乗るのが好きなんだ

もうひとり　うん
　　（かなり短い間）
ぼくは
　　（口ごもる）
ぼくだって
ぼくも
海のにおいは好きだ
　　（かなり短い間）
そして潮が引いたあそこの
丸い石を
見るのは好きだ
　　（かなり短い間）
海から突き出てる岩が
島が
好きだ
　　（かなり短い間）

空を見るのも
海を見るのも
好きだ
そして
（かなり短い間）
船のなかにいるだろう
船のなかにいるのは
好きだ
好きになれないと
思ってたけど
でも　好きだ

ひとり

うん
（間）
そしてぼくは　好きなんだ
そこに
（かなり短い間）

そこに海がある
冷たくて恐ろしい
静かですさまじい
（かなり短い間）
なあ　いま　海のなかにさ
入ったら
あっという間に
うん
（口ごもる）

もうひとり
あっという間に凍え死んで
いなくなるんだぞ
（かなり短い間）
もう戻ってこないぞ

ひとり
うん
（間）
ぼくらは完全に頼っているんだ

（口ごもる。　かなり短い間）

うん

船がなければ

（短い間）

横へ二歩踏み出すだけで

（短い間）

ぼくらはもういない

もうひとり　うん

（短い間）

きみは好きなのか

（かなり短い間）

そんなこと　考えるのが

ひとり　うん

（かなり短い間）

うん　好きなんだろうな

もうひとり　恐ろしいな

ひとり　うん
もうひとり　まあ　そうだろうな
だって　（かなり短い間）
船は小さいし
（口ごもる）
ひとり　うん
もうひとり　そして海では
広い海では
船のなかに
そう　何日間も
何週間も
いなければいけなくなるときもある
ひとり　うん　（かなり短い間）
もうひとり　それが好きなんだ

ひとり　　うん
もうひとり　いつも
ひとり　　いや　いつもじゃないけど
　　　　　（間）
もうひとり　じゃ　どんなときはそうじゃないの
ひとり　　ひとりでいるときはいやだ
もうひとり　ひとりで船に乗るのはいやなんだ
ひとり　　うん
もうひとり　なぜ
ひとり　　さあ
　　　　　（短い間）
　　　　　どうせつまんない話だ
もうひとり　言えよ
ひとり　　いやだ
もうひとり　怖いの
ひとり　　うん

いや

（かなり短い間）

いや　怖いってわけじゃないけど

でも

（口ごもる）

もうひとり　なにが怖いの

ひとり　それは

（口ごもる）

もうひとり　言ってみろよ

ひとり　飛び込むんじゃないかなって

もうひとり　海に飛び込む

ひとり　うん

（間）

もうひとり　よく考えるのか

ひとり　いつも

もうひとり　いつも考えてるの

ひとり　ひとりで船に乗ってるときは
　　　うん
　　　　（かなり短い間）
　　　考えてる
　　　っていうわけじゃないけど
　　　　（口ごもる）
もうひとり　一人のときも多いしね　きみ
　　　船のなかで
ひとり　うん
もうひとり　いつもそうなんだ
ひとり　うん　いつも
　　　　（短い間）
もうひとり　考えとしてそこにある
ひとり　考えとしてっていうより
　　　　（かなり短い間）
　　　それもあるかも

（かなり短い間）
でも
まあ
それもある
（かなり短い間）
でも　それよりは
心配としてかな
（かなり短い間）
いや　それも違うな
もうひとり　言葉にすぎないね
ひとり　うん
もうひとり　でもそこに　身近ななにかが
感じられる
その場に存在している
（かなり短い間）
考えとかじゃなく

心配とかじゃなく
身近な　なにか

ひとり　うん
(かなり短い間)
そうかも

もうひとり　忘れることはないの

ひとり　あるよ
(かなり短い間)
うん　ときには
(かなり短い間)
いや　やっぱりないな
(間)

もうひとり　ずっと身近にあるんだ

ひとり　うん　そうだね

もうひとり　でも船のなかで
きみひとりじゃないときは

ひとり　そういうときは
　　　　考えないのか
　　　　うん
　　　　（かなり短い間）
　　　　そういうときは
　　　　考えない
　　　　（間）
もうひとり　で
　　　　（口ごもる）
ひとり　それだけだよ
　　　　（ひとりはもうひとりのグラスに酒を注ごうとするが、もうひとりは
　　　　手を上げる）
もうひとり　ありがとう
　　　　ぼくはもういい
　　　　（ひとりは自分にだけ注ぐ）
　　　　うまかった

でも
（口ごもる）
ひとり　うん
もうひとり　落ち着く
一杯飲むと落ち着く
ひとり　うん
（間）
もうひとり　やれやれ
（かなり短い間）
船のなか
か
（短い間）
そしたら
えっと
ひとり　なんか食事作ろうか
なんか簡単なもの

もうひとり　そうだね　悪くないね
ひとり　それとも　もうちょっと船を走らせようか
もうひとり　で
ひとり　で　走らせるだけ
もうひとり　そして
ひとり　別の入り江を見つけて　錨を下ろして
　泊めるのさ
もうひとり　そうか
　（間）
　それだけか
ひとり　うん
　（短い間）
　それだけだろうな
　（間）
もうひとり　じゃあ　どうしよう　もう少し行こうか
ひとり　いいよ

もうひとり　ここ　あまり安全じゃないんじゃないかな
っていうか　夜になることを考えると
風が強くなるかもしれないし
沖も
（かなり短い間）
沖もすぐそこだし
霧が少し出ているしね
海には霧が少しかかっているしね
向こうは
ぼくらと広い海のあいだにあるのは
あの小さな島だけ
あの灰色の岩

ひとり　うん
（かなり短い間）
でも風が強まるとは思わないよ
（かなり短い間）

海は静かだよ
空は晴れてる
もうひとり　うん　そうかもね
（かなり短い間）
ひとり　なんか食事作るよ
もうひとり　そうだね
悪くないね
（ひとりはコンロを点け、フライパンを置き、缶詰を開け、中身をフライパンに移す）
小腹が減った
かな
ぼくは　少し
ひとり　海の上で食べる食事はおいしいぞ
もうひとり　ぼく食欲ある
ひとり　うん
（長い間）

もうひとり　ところできみ
ひとり　うん
　食事は海の上が一番さ
もうひとり　うん
ひとり　しかし　きみ　ぼく　実はね
（口ごもる。かなり短い間。ひとりはフライパンの中身をかき混ぜている）
もうひとり　なんだ
ひとり　いや　なんでもない
（かなり短い間）
テーブルをセットするね
（短い間。ひとりは食器などを取りに行き、テーブルをセットする）
もうひとり　食事と一緒に酒はどうかな
ワインないの
ひとり　ああ
うん

（短い間）
ワイン一本開けようか
（ひとりはワインの瓶を取りに行き、開け、もうひとりと自分のグラスに注ぐ）

もうひとり　ああ　ものすごく腹減った
海の上では
腹が減るというけど
本当だ

ひとり　ああ　ぼくも腹減った

もうひとり　海の空気なんだろうね
（かなり短い間）
なにかあるよね

ひとり　うん
（ひとり、グラスを上げる）
乾杯
（もうひとり、グラスを上げる）

もうひとり　乾杯
　　　（二人は飲む。間）
　　　なあ　きみ
　　　　（かなり短い間）
　　　人生って
　　　それほど悪くないじゃないか
　　　いつも
　　　　（口ごもる）
ひとり　そうだね
もうひとり　生きていると
　　　いいこともよくあるじゃないか
ひとり　ああ
もうひとり　ほんのときたまなんじゃないか
　　　だから
　　　きみが言う　その
　　　石になるってときは

ひとり　っていうか
もうひとり　そうだね
（かなり短い間）
そうじゃないときもよくある
ひとり　うん
（間）
でもね
（かなり短い間）
うん
さあ　食事　できたんじゃないかな
って
温めるだけだから
大したもんじゃないけど
もちろん
もうひとり　そりゃあもちろん
ひとり　簡単でうまい

といいんだけど
（ひとりはグラスを置いて、フライパンを取りに行く）
少なくとも　腹はふくれるからな
口に合うと
いいんだけど
（ひとりがもうひとりの皿に盛り付ける）
どうぞ

もうひとり　ありがとう
（ひとりは自分の皿に盛り付け、フライパンを置いてくる。もうひとりは食べ始める）
んんん
うまい
こんなうまいなんて

ひとり　腹減ったな
（ひとりも食べ始める。間）

もうひとり　うん

（短い間）
人生は悪くないよ
おいしい
（かなり短い間）
おいしいごはんもあるし
（かなり短い間）
これ　うまかったぞ
簡単でうまい
うまかった
（かなり短い間）
酒もうまかった
ワインも
うまいワインだ
（かなり短い間）
そして話し合えるってこともね　とてもいい
（かなり短い間）

そしてただ　一緒にいるってこと
　（かなり短い間）
たとえね
うん
たとえきみがあんな考えを抱いていてもね
　（かなり短い間）
ほら　飛び込むなんていう考え
それでも　きみ　船のなかにいるのは好きなんだろ
そうだろ
うん
　（かなり短い間）
そうだ
　（かなり短い間）
ときたまだけさ
うん
だから　ぼくが

ひとり

(口ごもる)

もうひとり　身動きできなくなる
っていうか
(かなり短い間)
だから　きみが石になる
っていうか

ひとり　ああ
(かなり短い間)

もうひとり　それに
あれもいいだろ
酒
(かなり短い間)
ワイン
だろ

ひとり　うん

もうひとり　それから　空想すること

　（かなり短い間）
　っていうか
　ぼくも口に出して言うのが下手だよね
　（かなり短い間）
　でも　それも悪くないんだ
　それも

ひとり　ある意味では
　海の上にいることだって
　空想なんじゃないか
　そうだろ
　（かなり短い間）
　っていうか
　実際そこにいてもね

もうひとり　絶対そうだ
　（短い間）
　すべてが

空想事
ある意味ではね
作りごと
ある意味でね
思いつき
うん
　（かなり短い間）
実際に起こっている出来事でも
それは　以前から
想像されていて
　（かなり短い間）
別の場所にも存在している
っていうか
　（かなり短い間）
実際にも起こるっていうか
うん

言葉のなかで
っていうか
（口ごもる。かなり短い間）
言いかえると
（口ごもる）

ひとり　うん
（長い間）

もうひとり　おいしかった
（もうひとりがグラスを上げる）
じゃ
乾杯
（ひとりがグラスを上げる）

ひとり　乾杯
（グラスを当て合い乾杯をする）
でも

もうひとり　うん

ひとり　でもね
　　　　ぼくはきみを知らない
もうひとり　そうだね
　　　　（かなり短い間）
　　　　そうかも知れないね
　　　　あまりよく知らないかもしれない
　　　　（かなり短い間）
　　　　でもきみはぼくを知ってるよ
　　　　（かなり短い間）
　　　　少しは知ってる
　　　　ほんの少しはね
　　　　（間）
ひとり　きみになにか言いたいことがあるんだけど
　　　　（かなり短い間）
　　　　それがなにかわからない
もうひとり　うん

ひとり　言いたいんだ
もうひとり　話したいんだ
うん
（短い間）
ひとり　でもできない
うん
（かなり短い間）
知っているのはただ
なにかを言いたいってこと
話したいってこと
（かなり短い間）
だって生きるってことは
（口ごもる）
もうひとり　生きるってこと
ひとり　うん　生きるってことは
（かなり短い間）

それは
っていうより
するべきことは
（口ごもる）
もうひとり　なんだ
ひとり　いや　なんでもない
（間）
もうひとり　そして（かなり短い間）
食べた後は
なあ
（かなり短い間）
どうするんだ
ひとり　もう少し走らせよう
もうひとり　うん
（かなり短い間）

ぼくが片付ける

ひとり　ぼくがやるよ

もうひとり　いいよ　ぼくがやる
食器も洗う

ひとり　ありがとう
でも食器を洗うのは後でいい

もうひとり　そのあいだきみは
一杯やればいい

ひとり　きみも飲むだろ

もうひとり　ぼくはいい

（ひとりが自分に一杯注ぐあいだ、もうひとりはテーブルを片付け、
食器を流しに置く）

さあ　もう少し行こう

（かなり短い間）

いいなあ
ぼくもだんだん好きになってきた

海が
うん
（間）
ところできみ
（かなり短い間）
ねえ
（間）
他にも　どんなこと考えるのが好きなの
（間）
いまはなにも考えなくていい
ひとり
もうひとり　いいのか
ひとり　うん
もうひとり　気分よくなった
ひとり　ああ
（間）
もうひとり　よかった

（間）

ひとり　さて

（かなり短い間）

それじゃあ

（かなり短い間）

もう少し行こう

（かなり短い間）

じゃあ

船を泊めたときと同じようにするんだ

いいか　きみは甲板に出て

船を岸のほうへ引き寄せるんだ

もうひとり　わかった

そして岸に跳び移って

（かなり短い間）

ひとり　ロープを解いて

船をまた岸へ引き寄せて

船に跳び移って
ロープを巻いて
甲板のあそこの
箱のなかへ入れて

もうひとり　わかった
(もうひとり、甲板へ出、船を岸へ引き寄せ、岸に跳び移り、すべり、
岩の上でひっくりかえったままになる)
ちきしょう
ったく　すべりやすいね　ここ
(もうひとり、立ち上がり、ロープを解いて、船を引き寄せる)
船に戻れるわけないじゃないか
無理だ

ひとり　大丈夫だよ
跳ぶんだよ
やってみればできるさ

もうひとり　だめだ

ひとり　船をもう少し引っ張ってみろよ
もうひとり　わかった
ひとり　できたか
もうひとり　少しはね
ひとり　少し寄せられた
もうひとり　手すりがつかめるか
ひとり　だめだ
もうひとり　だめか
ひとり　うん
もうひとり　もう少し引っ張れ
ひとり　もう引っ張れない
もうひとり　船底が引っかかってる
ひとり　そうか
もうひとり　できるか
ひとり　やってみる
（もうひとり、ぎりぎりで船べりをつかむことに成功し、体を投げ出

して、四つんばいになって甲板に上がる。立ち上がる）
ひとり　なんとかできたよ
　　　　船を出して　錨を上げるからね
　　　　（もうひとりはロープを巻き、箱に入れる。ひとりは錨を上げる）
　　　　うまくできたじゃないか
もうひとり　まあ　なんとかね
ひとり　さあ　さてと
もうひとり　さあ　どうしようか
ひとり　沖へちょっと出てみようか
もうひとり　波も静かだし
ひとり　かなり静かだ
　　　　風もおだやかで　いい風だ
もうひとり　でもあまり遠くへは行かないでくれよ
ひとり　うんうん
　　　　（かなり短い間）
　　　　そりゃ当然だ

もうひとり　少しだけ
ひとり　ほんの少し
うん
(間。ひとりは舵に手を置き、もうひとりはその隣に立ち、前を向いている)
もうひとり　海って怖い
ひとり　うん
もうひとり　あるものすべてを覆っている
ひとり　でも美しい
海はそれでも美しい
もうひとり　そうかもしれないね
ひとり　きみは美しいと思わないのか
もうひとり　まず恐ろしいと思う
(短い間)
あまり遠くまで行かなくてもいいだろ
ひとり　うん　いいよ

（かなり短い間）
でもこれよりはもうちょっと
行かなきゃな
もうひとり　じゃあ
あと少しだけ
ひとり　うん　そうしよう
（長い間）
もうひとり　おい　沖へ向かってるじゃないか
ひとり　そうだよ
（間）
もうひとり　でも　どうしてだよ
ひとり　広い海を体験しなきゃ
そうだろ
わざわざぼくの船に乗ったからには
せっかく海に出てるんだから
もうひとり　でも嵐になったらどうする

ひとり　沖のほうに霧がかかってるぞ
　　　　でも海はわりと静かだし
　　　　空は晴れ渡ってる
　　　　（かなり短い間）
　　　　そして風は
　　　　いい風だ
もうひとり　でもそういうのって急に変わるじゃないか
　　　　ね　海の上は
ひとり　そうだね
　　　　（かなり短い間）
　　　　それはそうだね
もうひとり　戻ろうよ
ひとり　まだ
　　　　（かなり短い間）
　　　　もうちょっと
　　　　（かなり短い間）

もう少し沖へ出よう
ほんの少し
（長い間）
もうひとり　さあ戻ろう
ね
（長い間）
ぼく　怖くなってきた
ひとり　わかった
（間）
戻るよ
（長い間）
もうひとり　でもきみ　方向が変わってないじゃないか
おい　真直ぐに走ってるじゃないか
沖へ
（長い間）
怖い

（かなり短い間）
ああ　怖い
本気じゃないだろ
本気だよ
いや
（かなり短い間）
船は丈夫さ
安全だよ
（かなり短い間）
天気はいいし
（かなり短い間）
この風もいい
（かなり短い間）
なにもかも大丈夫さ
でもぼく　すごく怖い
ぼくも

ひとり
もうひとり
ひとり
もうひとり
ひとり

もうひとり　きみも
ひとり　ああ
　（間）
もうひとり　おい　戻ってくれよ
　（かなり短い間）
　頼むから
ひとり　わかった
　（ひとり、そのまま沖に向かって真直ぐに操縦する。長い間）
もうひとり　これ以上行かないでくれよ
ひとり　うん
もうひとり　だから　戻ってくれよ
　（長い間）
　もういいじゃないか
　（かなり短い間）
　もうふざけないでくれよ
　（かなり短い間）

ひとり　戻ってくれよ
お願いだよ
ああ
（かなり短い間）
すぐにね
すぐ戻るから
もうひとり　なんか言ってくれよ
なにか言えよ
ぼくに言いたいことがあるって言ってたじゃないか
話したいことが
ひとり　言いたいことはないよ
話すことなんかないよ
（長い間）
もうひとり　なぜやったか言ってくれ
ひとり　いや　ぼくは
（短い間）

ぼく　（口ごもる。間）

もうひとり　きみは

ひとり　ぼく

（口ごもる）

もうひとり　うん

（かなり短い間）

ぼくは

言えよ

ひとり　ぼくは

（口ごもる）

いや　なんでもない

もうひとり　いや　言えよ

（間）

ひとり　いつもこれを恐れてたんだ

いつかこうなるって思ってたんだ

　　　　それが怖かったんだ
もうひとり　ああ
ひとり　そしてそうなった
もうひとり　うん
ひとり　起こってしまった
もうひとり　うん
　　　　　（短い間）
ひとり　それだけさ
　　　　　（かなり短い間）
　　　　そしてぼくはもういない
もうひとり　うん
　　　　　（短い間）
　　　　でも　どうして
　　　　　（かなり短い間）
　　　　どうしてこうなったんだ
ひとり　ただこうなっちまっただけさ

こうなるってわかってたんだ
そしてこうなった
（間）
もうひとり　うん
（短い間）
でも　船の向きを変えてくれよ
ひとり　いいよ
（かなり短い間）
すぐ向きを変えるから
（間）
もうひとり　どうしたんだ
ひとり　ぼく
（口ごもる）
もうひとり　いや
（かなり短い間）
なにも言わないでいいよ

(短い間)

きみ

(かなり短い間)

ねえ

(かなり短い間)

ほら　沖に出てたとき
灯台がほんのかすかにしか見えてなかったとき
遠い陸地に
そのとき

(かなり短い間)

ほら　おぼえてるだろ
そのとき

(さえぎって)

ひとり

ああ

(長い間)

いい進み具合だ

もうひとり　うん　速いね
　　　　　　（短い間）
ひとり　　　操縦しないか
　　　　　　きみが
もうひとり　いいよ　怖い
ひとり　　　いいから
　　　　　　やってみろよ
　　　　　　（もうひとり、舵を握る）
　　　　　　落ち着いて握るんだよ
　　　　　　この方向を保つんだよ
　　　　　　（ひとり、甲板へ行き立つ）
もうひとり　そこに立っちゃだめだよ
　　　　　　こっちだ
　　　　　　海のど真ん中で
　　　　　　なんでそんなことするんだよ
　　　　　　なんでそこに立ってるんだよ

こっちへ戻ってこいよ
座るんだよ
　（かなり短い間）
風も吹いてきたし
波も高い
ぼく　怖いよ
霧も近づいてきてる
きみ　舵を取ってくれよ
お願いだから
ぼく　怖い
来てくれよ
そこに立ってないで
危ないよ

ひとり
いや
　（かなり短い間）
大丈夫だよ

もうひとり

これは
そこに立ってないで
こっちへおいでよ
いや　だめだよ
こっちに来いよ
波が高いじゃないか
こっちに来いよ
ぼく　怖い
（かなり短い間）
ぼく　操縦はいやだよ
船を
おい　きみ
（かなり短い間）
こっちへおいでよ
気をつけろよ
さあ　来いよ

ひとり
　気をつけるから
　　（とても長い間）
もうひとり
　そして彼は甲板に立って
　立って見つめて
　　（かなり短い間）
　で
　　（かなり短い間）
　そう　で
　倒れるかのように
　　（かなり短い間）
　そして　海のなかにいた
　　（かなり短い間）
　ぼくは　救命胴衣をつかんで
　彼に投げつけた
　波は高かった
　　（かなり短い間）

でも彼は　つかもうともしなかった
　（かなり短い間）
波が彼を覆った
　（かなり短い間）
彼は波の上にいた
　（かなり短い間）
波の下にいた
　（かなり短い間）
ただ海のなかに漂っていた
波は高かった
　（かなり短い間）
ぼくは鉤《かぎ》ざおを取って
捕まえようとした
鉤で吊り上げようとした
でも彼は鉤ざおを押し退けた
　（かなり短い間）

彼は波の上にいた
　（かなり短い間）
波の下にいた
　（かなり短い間）
そして船の後ろのほうへ引っぱられていくのが見えた
　（かなり短い間）
そして　ぼくは
　（かなり短い間）
ぼくは　いままで船を操縦したことがなかったじゃないか
なにもわからないじゃないか
海のど真ん中で
船が漂流している
帆が風に打たれている
どうすればよかったんだ
ぼくは舵を回した
なにも変わらなかった

船はただ漂流していた
そして
突然
船が前へ動き出す
でも彼はどこなんだ
彼を眼で探す
叫ぶ
おーい　どこだ
どこにもいない
見つけなければ
捕まえなければ
船は前進する
舵を回す
船が止まる
帆がはためく
船は漂っている

そして後ろ向きに動き出す
ぼくは見回す
叫ぶ
どこにいるんだ
船は動かず浮いている
帆がはためく
舵を回す
船が前進する
ぼくは必死になって彼を探す
叫ぶ
どこにいるんだ
また叫ぶ
どこにいるんだ
見回す
船は前進する
必死で見回す

舵を回す
船は前進する
必死で見回す
でも彼が見えない
ぼくはいない
どこにいるんだ
って　ぼくは叫ぶ
船は前進する
ぼくは叫ぶ
どこにいるんだ
船は前進する
待つ
叫ぶ
どこにいるんだ
ぼくはいない
待つ

ひとり
もうひとり

ひとり
もうひとり

船は前進する
舵を回す
船は前進する
どうにかしなきゃ
（長い間）
あたりを見渡す
（かなり短い間）
見えるのは
海だけだ
なにもない
海だけだ
空だけだ
なにもないだけだ
真っ黒だ
真っ白だ
そして波

波は大きくなっている
（かなり短い間）
岸のほうを見つめると
（かなり短い間）
遠くに
（かなり短い間）
遠くに灯台がかすかに見える
（かなり短い間）
波が船を打つ
ずっと　ここにいるわけにもいかない
待つ
叫ぶ
どこにいるんだ
船は前進する
待つ
舵を回す

船は前進する
落ち着いて舵を握る
でも波が
波は大きく　姿を変えている
黒と白の波
空も黒くなりかけている
海は黒い
叫ぶ
どこにいるんだ
叫ぶ
どうすればいいんだよ
灯台のほうを見る
灯台を目指して操縦する
振り返る
叫ぶ
どこにいるんだ

ぼくに見えるのはただ黒い空
黒い海
そして黒と白の波
船はすさまじい勢いで上下する
高く上がり
どん底に落ちる
灯台が見える
灯台に向かって操縦する
落ち着いて舵を握る
船は上がり船は下がる
ぼくはいなくなった
ひとり
もうひとり
叫ぶ
どこにいるんだ
ひとり
もう怖くない
もう重くない
ぼくは重さだけになった

そしてぼくは重さじゃなくなった
ぼくは動きになった
風とともに去ってしまった
ぼくは風だ
もうひとり
灯台に眼を向ける
叫ぶ
どこだ
ぼくはいない
ひとり
もうひとり
叫ぶ
どこだ
ひとり
もういないよ
もうひとり
船は上がり
下がり
上がり
下がり
波が

黒い波
白い波
そして雨
　（かなり短い間）
そして雨が降る
風が帆を膨らませる
船は上がり　上がり
もっと高く
そして下がり　下がり
深いどん底まで
そしてまた上がる
　（かなり短い間）
灯台のほうを見ながら
舵を握る
　（長い間）
ぼくはもういない

ひとり

（長い間）

もうひとり　でもどうしてやったんだ
ひとり　やっただけさ
もうひとり　でもそれを恐れてたじゃないか
ひとり　それをすごく恐れてた
だからやったんだ
やってしまうってわかってたんだ

（短い間）

ぼくは　重すぎたんだ

（かなり短い間）

そして海は軽すぎた
そして風がざわついていた
もうひとり　ただ頭のなかの想像だと思ってた
恐れているだけだと思ってた
ひとり　ぼくも
ぼくもそう思ってた

もうひとり　でも　やってしまった
ひとり　やった
もうひとり　どうしてやったの
ひとり　ただやっただけ
　　　　（かなり短い間）
　　　船のなかにいた
　　　そしてやった
　　　（かなり短い間）
　　　重かったからやったんだ
もうひとり　きみはやった
ひとり　ぼくはもういない
もうひとり　きみはやった
ひとり　やった
もうひとり　そしてやったのは
　　　うん
　　　なぜかというと

（口ごもる）

ひとり　　ぼくはもういない
　　　　　風とともに去った
もうひとり　きみはもういない
ひとり　　ぼくはもういない
　　　　　風とともに去った
　　　　　ぼくは風

訳者あとがき

二〇二三年ノーベル文学賞受賞者　ヨン・フォッセ

二〇二三年のノーベル文学賞は、フィヨルドの町出身のシャイで物静かなノルウェー人、ヨン・フォッセに授与された。その作品は素朴でありながら神聖。様式化されたミニマリスティックなセリフは同時に、現実の口調そのままを反映している。このような正反対の要素を抱えながら、フォッセ文学はいつも飾らぬ素直さで、生きるということの芯を真摯に探ろうとする。人の意見に左右されず、ひたすら自分らしくオリジナルに書き続けてきた作家だ。

ヨン・フォッセ

フォッセは一九五九年に生まれ、ノルウェー西部のフィヨルド沿いの小さな町、ストランデバルムで育った。ベルゲン大学で文学を学び、ジャーナリスト、教員、編集者、文学コンサルタントを経て作家になった。現在は、ブラチスラヴァ大学の文学教授である現妻のアンナと子供とオーストリアで暮らしているが、ノルウェーに戻った際には、二〇一一年にノルウェー王国から提供された、オスロの王宮庭園にある名誉住宅「グロッテン」(Grotten)と、西ノルウェーの山荘の二箇所を拠点としている。二度の離婚を経験し、計六人の子供がいる。

戯曲と小説

ヨン・フォッセは、二十数作の小説、四十以上の戯曲、詩集、エッセイ集、児童書、さらには翻訳まで手掛けてきた作家で、五十カ国語以上に翻訳されている。一九九六年の戯曲『だれか、来る』で国際的な大成功を納め、これを皮切りに戯曲を立て続けに発表してきた。『だれか、来る』に加えて、『名前』『冬』『ある夏の一日』『秋の夢』『死のバリエーション』『眠り』『ぼくは風』など、数々の戯曲がたびたび上演されている。

フォッセは二〇一五年に「戯曲は、もういっさい書かない」と宣言し、小説だけを執筆するようになった。現在、最も評価されているのが『七部作《セプトロギーエン》』（Septologien 二〇二一）と題した大作で、七つの物語が三巻に収められている。二人のアスレという名の芸術家の人生が交錯する物語だが、二人は同一人物なのだろうか？『七部作』は形而上学的な瞑想であり、文学と祈りの間のような新しい散文詩であると絶賛され、国際ブッカー賞にもノミネートされた。

二〇〇七年、二〇一二年、二〇一四年にそれぞれ一部ずつ出版された『三部作《トリロギーエン》』（Trilogien）は、数百年前のベルゲンを舞台にした、同じくアスレというフィドル奏者を主人公とする愛の物語から始まる。フォッセはこの作品で北欧理事会文学賞を受賞し、「文体における革新と、時間と場所を超えて交差する物語が見事に両立した稀有な例」と高く評価された。『三部作』がちょうどこの戯曲集と同時に刊行される。日本の読者にとってはフォッセの小説を読む素晴らしいチャンスである。

『メランコリアI』（一九九五）と『メランコリアII』（一九九六）は、実在のノルウェー人画家ラーシュ・ヘルターヴィーグ（一八三〇−一九〇二）の心境を描いた物語だ。

ある男の生涯をその人生最初と最期の日を通して語る『朝と夕』（二〇〇〇）は、あの世とこの世を越えて渡る男、ヨハネスの目線で描かれる。音楽性、リズム、くり返しに満ち、ピリオドがほとんどない典型的なフォッセの文体だ。まるで夢の中にいるかのような独特なフォッセの世界が繰り広げられる。『それはアーレス』（二〇〇四）もまた、喪失と弔いを取り上げた、受賞歴のある短篇小説である。

戯曲に戻るが、もう書かないとは言ったものの、二〇二〇年には『そうだった』のタイトルで一人芝居を書き、イプセン賞を受賞している。

作品の内容はスピリチュアルで実存的だ。主観性、人間性、芸術とは何かを問いかけながら、宗教的なレベルにあり、文学が神聖なものに通じる扉であることを示している。フォッセの戯曲は、しばしば日本の能楽と比較される。この世とあの世の間の橋の上で展開されるフォッセの物語は、まさに能楽同様、ミニマライズされており、ゆっくり進む。フォッセの作品にも、能に見る幽玄の極限の美しさ、神性を垣間見るような味わいがある。

フォッセ文学の魅力はその真正性にある。フォッセの物語に登場する人物は、世界のどこにでもいそうな人間だ。これから共に暮らし始める男女、赤ん坊が生まれるのを待つカップル、釣りに出かける二人。ありのままの人間を描く。フォッセの文体には飾らない素朴さがあり、気取った態度や、傲慢さとはほど遠く、本来の自分以外の何者にもなろうとしていない。

方言、ニーノシュクと文体

ノルウェー語と日本語で大きく異なるところが一つある。ノルウェーには標準語がない。国中どこに行っても、だれもが自分の方言で話し、自分の地元、ふるさと、アイデンティティにプライドをもち続ける人が多い。人が別の街の話し方を真似ることを、ノルウェー人は嫌う。自分の本当の姿を恥ずかしく思い、別人になるふりをすることは、自分と自分の故郷を裏切るようなことなのだ。さまざまな方言に触れられるようノルウェーのテレビ局では、ニュースや子供番組で全国各地の話し方を代表するアナウンサーや話し手を採用している。ノルウェーの劇場でも、役者はそれぞれ自分の方言を話す。方言は自分の本心に最も近い言葉で、自分の話し方でこそ本物を演じられる、と考えられているからだ。フォッセの使うニーノシュクも、ノルウェー人にとって大切な方言を基とした文語であるため、人の心に近い書き方だと言われている。

一八一四年までデンマークの統治下にあったノルウェーは独立を目指し、激しい言語論争の末、デンマーク語を基とする都市部のブークモール（bokmål）とノルウェーの方言を基としたニーノシュク（nynorsk）という二つの文語を確立した。フォッセの使うニーノシュクは、ノルウェー人の話す言葉により近いノルウェー独自の文語である。現在、人口の約十五%と使用人口は少ないが、ニーノシュク専門の国立劇場や出版社もあり、詩的で美しいノルウェー語として好んで用いる作家も多い。ニーノシュクとブークモールにはスペルや文法でいろいろな違いがあるが、その一例として名詞の語尾変化を挙げよう。「夫人」を意味する《frue》(発音:フルーエ)という名詞の未知形(意味:ある夫人)は、ニーノシュクもブークモールも《frue》だが、ブークモールの既知形(その夫人)は《fruen》(フルーエン)、ニーノシュクでは《frua》(フルーア)になる。語尾が「エン」に対して「ア」となるわけだ。女性名詞を男性名詞として活用することの多いブークモールが、活用語尾《-en》(エン)で終わるのに対して、女性名詞として活用させるニーノシュクでは、活用語尾《-a》(ア)で終わる。まるで日本の山門に立つ阿吽像のようだが、母音で終わる語尾の開いた音の響きが美しいと言われている。

ヨン・フォッセの文体は、独特で非常にオリジナルだ。不要と思えば、ピリオドを省き、自分の言語理論に従う。文体は音楽的でリズムがあるので、歌詞のようでもある。フォッセは《沈黙の名人》とも呼ばれ、文中で語られていないこと、言葉で表現されていないことこそが、むしろ重要であると言う。

日本でのフォッセ

日本での初演は、ドイツでフォッセを発見した河合純枝の熱心な働きかけにより、二〇〇四年に世田谷パブリックシアターで『だれか、来る』（太田省吾演出）、そして富士見市民文化会館キラリ☆ふじみ、こまばアゴラ劇場で『名前』『眠れ よい子よ』『ある夏の一日』が上演された。その後、〇七年に世田谷パブリックシアターで『死のバリエーション』、一〇年に新国立劇場で『スザンナ』が上演されている。小説はノーベル賞受賞以前、日本では出版されていないが、『三部作』や『朝と夕』がこの戯曲集と同時に刊行される予定だ。

フォッセの翻訳

フォッセを訳すのは難しい。響きのよい、美しい文章を別の言語で伝えることには苦労する。しかしそれだけではない。フォッセの文学に含まれる複数の層を同時に、別の言葉に移すことは、言語的にほぼ不可能だ。繰り返しが多い言葉は一見、簡単に見え、なおさら楽に思われる。ところが、この繰り返しは毎回同じふうには訳せない。同じように訳してしまうと、失われてしまうものがある。例をあげよう。『名前』に頻繁に使われる表現で du bryr deg ikkje がある。«bryr deg» は、ヨーロッパでよく使われるいわゆる再帰動詞で、原型は «å bry seg»。大雑把にいうと、気にかけることを意味しているが、コンテクストによって〈心配する〉〈世話を焼く〉〈愛する〉〈気を遣う〉〈興味がある〉〈気にする〉など、意味の幅は広い。Ikkje bry deg! とは、日本語の「気にしない、気にしない！」のように、相手を元気づける時に使う。しかし声色を変えれば、機嫌悪そうな「ほっといて！」にもなる。『名前』に登場する若い女性が繰り返す du bryr deg ikkje は、「私が嫌いなんでしょう?」「どうでもいいんでしょう?」や「気を遣ってくれないんだから」など、場面によって意味が変わる。同じ言い回しが別の意味を持って繰り返し使われる。そこがフォッセ作品の面白さでもある。

日本語の「大丈夫」という言葉を考えてみよう。例えば転んだ後の「大丈夫！」は心配がいらないことを伝えている。しかしなにかを勧められたときに、不要の意味で「大丈夫です」と答える場合も近年増えている。フォッセはノルウェー語でこうした多義語や表現を多用する。文法的には必ずしも正しい使い方ではなくても、「大丈夫です」のように、現在の人々の話し合いの中に用いられる言い回しを多用している。

フォッセを訳しながらつくづく実感するのは、〈言い回し〉が一見平凡に見えていても、実際、言い回しとは〈言葉の持つ意味〉を超えた、話す人の心の深いところから湧き出ているということだ。

フォッセのセリフは、一方、田舎のゆっくりとした話し方や言い回しであると同時に、詩的でミニマリスティックで、クールだ。親密でありながら距離や客観性を感じさせる。ローカルでありながらグローバルでもある。戯曲や小説の内容もそうだ。ノルウェーのフィヨルド沿いの小さな村が舞台なのに、東京でもニューヨークでもありえそうな登場人物。それはなぜだろうか。人間をありのまま描いているからだろうか。

『ぼくは風』の翻訳に取り掛かったのは二〇〇七年だった。登場するふたりの男の話し方は、私の故郷のお年寄りの口調であると同時に、まるで詩のようなミニマルさもあった。このふたりの話し振りには困った。人称代名詞さえ、どうすればいいかわからなかった。ノルウェー語ではすべてeg で通るものを、日本語では〈俺〉〈僕〉〈私〉〈わし〉と、選択できる。その上、漢字とひらがながある。その選択によって、ニュアンスやイメージされる人物像が大きく変わる。

『ぼくは風』を訳していた当時は、問題なくフォッセに連絡でき、電話でいろいろ質問をさせてもらった。今ではもう夢のように感じられる。日本語の人称代名詞（一人称）

の選択の幅広さを説明したところ、フォッセはこう話してくれた。どこかの空港ですれ違ったふたりがいるとする。ふたりとも相手がどこから来ているかわからない、年齢や階級、政治思想、何も知らない。ふたりは心に抱えていることを話しあい、その後別れ、二度と会わない。そのような口調が欲しい、と。あとは、自由にしていいと言ってくれた。それまで、存命の作家の作品を訳したことがなかった私は思わず、「ああ、あなたが生きていて良かった！」と言ってしまったのを覚えている。

二〇二三年十二月、フォッセのノーベル賞講演での姿が心に刻まれた人は少なくないだろう。人前で話すことに対して大きな恐怖心を抱いてきたフォッセだったが、ノーベル賞受賞者に義務付けられているこの講演は避けて通るわけにはいかなかった。声は震えながらも、ゆっくりと一言一言話すフォッセは、まるで命懸けで戦っているかのようだった。「書くことは、祈ることに似ている」というフォッセの講演は「この賞をくださったスウェーデンアカデミーに感謝している。そして神に感謝している」という言葉で締めくくられた。

二〇〇七年にフォッセを日本語に訳すことを勧めてくださったノルウェー大使館のカ

ーリ・ヒルトさん、共訳の長島確さん、早川書房のみなさんにこの場をお借りして深く御礼を申し上げたい。

アンネ・ランデ・ペータス

二〇二四年六月二十一日

訳者あとがき

フォッセの戯曲について

日本での紹介

ヨン・フォッセの作品が日本に紹介されたのは二〇〇四年。一月に河合純枝氏の翻訳で、太田省吾と劇団地点とによって計四作品が上演されたのが最初である。「イプセンの再来」「二十一世紀のベケット」といった謳い文句とともに、ノルウェーからの新しい劇作家の登場が知られることになった。

二〇〇〇年代のこの時期は、ヨーロッパ語圏の新しい世代の劇作家がつぎつぎと紹介され始めていたタイミングだった。二〇世紀の終盤から、サラ・ケインやエルフリーデ・イェリネクをはじめ、従来の戯曲の書法に縛られない、言いかえると、一見戯曲とは思えないようなさまざまなスタイルで書く作家たちが現れていた。またドイツの演劇学者ハンス＝ティース・レーマンが提唱した「ポストドラマ演劇」という括りも、そうした動向の理解を助けていた。

特徴的な文体をもつフォッセの作品も、こうした流れのなかでまずは受け止められた。

フォッセの文体

フォッセの文体は、たしかに独特である。戯曲では、ひたすら詩行のような短い語句が連なる。くりかえしが多く、句読点はない。登場人物は、いちおう役名はあるものの、固有の名前はめったにもたず、ただ「女」とか「男」とか「母」などとだけ記される。ときどき「若い」とか「年老いた」などの形容が加わる。戯曲全体の見た目は歌詞のようであり、役名ごとに振り分けられているぶん、オペラのリブレット（楽譜なしで歌詞だけを記した台本）にも似ている。

せりふの性質も面白い。詩のように見えるせりふのなかに、対話の相手に語りかけるもの（いわゆるふつうの会話のせりふ）のほかに、自分の心情を表す独白や、場面や情景の描写が混ざってくる。いわゆるリアリズムの文法では発しようのない、ある意味では説明的ともいえることばが織り込まれているのである。くりかえしの多さも、リアルな役作りの演技だけでは乗り越えられない特徴といえる。

こう説明するとかなり複雑で実験的な作風に思われるかもしれないが、読んでみると非常に読みやすく、けっして形式上の実験を目的としたようなものではないことがわかる。

ベケットとの関係

フォッセが登場したとき、アイルランドの小説家・劇作家サミュエル・ベケットとの関連が指摘された。たしかに出世作『だれか、来る』は、ベケットの『ゴドーを待ちながら』への返歌のようであり、フォッセ自身も意識していたはずだ。ベケットが神（ゴッド）にも似た名前の「ゴドーさん」を待ちつづける二人組を描いたのに対し、フォッセは逆に、何者かが来るかもしれない不安を描き、しかもそれは劇中であっさり実現してしまう。

影響はおそらく大いに受けながらも、劇作家としては、じつはさほど似ていない。共通点があるとしたら、歴史的・政治的な事件をあえて扱わない、現実社会との距離の取り方と、あとはせいぜいベケット晩年の戯曲『ロッカバイ』との文体の類似（句読点がなくくりかえしの多い詩行）くらいかもしれない。

むしろフォッセは、近代的な自我意識と身体の物理的制約とに囚われていたベケットに比べ、はるかに自由に、複数の時間をまたぎ、死者と生者、記憶と想像などを同じ舞台にのせるやり方を見つけてしまったように思われる。その結果現れる時空間は、意外なことにどこかしら日本の昔話や説話文学に通じるところがあり（名もない人物たちに不思議なことがごく自然に起こる、あの感じだ）、日本の読者や観客にはじつはなじみ深く感じられるのではないか。

収録作品について

本書はフォッセの三つの作品を執筆順に収めている。以下に作品ごとの解説を記す。

『名前』

一九九四年に執筆され、翌九五年五月にベルゲン国立劇場小劇場で初演（ベルゲン国際芸術祭の演目）。フォッセの最初の戯曲『だれか、来る』（執筆九二年、初演九六年）、第二作『そしてわたしたちは別れない』（執筆九三年、初演はこちらが先で九四年）につづく、ごく初期の作品。

妊娠した娘が恋人を連れて実家に帰ってくる。両親や妹との会話、そこに昔の男友達まで訪れて、なんとも気詰まりな空気が流れる。劇的な事件が起こるわけではない。ただ人物たちは、たがいを気づかいながら、微妙にかみ合わない膠着状態にある。

フォッセの戯曲には、本書に収録したほかの二作のように、複数の時空間が交錯したり、生者と死者との境界が曖昧になるような、特徴的な作品群があるが、いっぽう、あくまでリアリズムの文法におさまる、いっけん地味だが印象深い作品群がある。本作はそのうちの後者にあたる。

初期のエッセイで、フォッセは演劇を「複数の世界の出会う場」だと言っている。これは文明の衝突、あるいはSF小説や映画における異星人との遭遇のような、壮大なスケールの話ではなく、おそらくもっと身近なできごとを指している。日常生活において、家族や友人、恋人といった関係のなかで、そもそも一人ひとりが異なる「世界」なのである。そうした「世界」どうしが接触するとき、即座に戦争が始まるわけではなく、容易にはわかり合えないけれど、互いを意識しながらじっと共存する時間がある。そんな「異世界どうしの接触」とでもいうべきテーマは、リアリズム／非リアリズムを問わず、フォッセのどの作品にも通底しているように思われる。

なお本作は日本では二〇〇四年に河合純枝訳で劇団地点によって上演されているが、

今回あらたに翻訳した。

『スザンナ』

二〇〇三年に執筆され、二〇〇四年一月四日にテレビ作品としてノルウェー国営放送で放送された。副題にあるように、「一人芝居」（モノローグ）と銘打ちながら、三人の俳優に演じさせるところがフォッセらしい。

登場人物は一人。劇作家ヘンリック・イプセンの妻スザンナという実在の人物である。牧師（司祭）の娘スザンナ・トーレセンは十九歳で新進気鋭の劇作家イプセンと出会い、二年後に結婚して、生涯をともにした。息子シグールはのちに政治家になった。

フォッセのこの作品は、伝記的な事実を踏襲しつつ、スザンナというひとりの人物の、結婚前の若き日、中年期、そしてイプセン没後の老年期という人生の三つの時期を別々の俳優に演じさせ、しかも三人（三つの時間）を同時に舞台上に登場させるというアクロバットを行なっている。登場人物の生涯を年齢に応じて複数の俳優が演じ分けるのは珍しくはないが、それをあえて同一空間に共存させ交錯させる面白さは、映像よりも演劇的なアイデアである。初出はテレビ作品だったが、その後舞台でも上演されており、日本でも新国立劇場で二〇一〇年にリーディング形式で上演されている。

『ぼくは風』

二〇〇六年に執筆され、翌二〇〇七年ベルゲン国際芸術祭で初演。男二人の会話からなる。フォッセ自身非常に気に入っている作品だという。

登場人物は「ひとり」と「もうひとり」とだけ名付けられていて、具体的な名前も年齢も職業もいっさいわからない。ふたりは友人なのだろうか、親しげに船で海へ出る。

フィヨルドに囲まれたノルウェーは、氷河の浸食によって造られた地形の特性上、港や海岸のすぐ目の前に大洋が広がるのではなく、深く複雑な入り江や内海が多くあり、たくさんの小島が浮かんでいる。そうした小島に船で出かけることは、ノルウェーでは気軽な行楽のようだ（訳者の長島もノルウェーを拠点に活躍する演出家ピョートル・ホージンスキ氏に船で案内してもらったことがある）。

本作の人物たちが出かけるのもそんな行楽だろうが、冒頭で早くも、何か取り返しのつかないことが起こってしまったことが暗示される。「ひとり」は「ぼくはもういない」と言う。ふたりの会話はそこからいつのまにか時間を遡って、あらためてその決定的なできごとへ至る経緯をたどり直していく。

ひとりになりたい、いなくなりたいという願望のモチーフや、できごとがすでに起こったことなのか、これから起こることなのか、現実なのか空想なのか、といった境界の曖昧さなど、フォッセの持ち味が発揮されている。代表作のひとつだろう。

翻訳はペータスがノルウェー語（ニーノシュク）から日本語に訳し、長島が英語版・フランス語版も参照しながら質問や提案をし、再びペータスが確認しながら共同作業で推敲し仕上げている。

フォッセの作品はこれまで日本語での出版のチャンスに恵まれなかったが、ノーベル文学賞受賞を機に、ようやく読者の手に届くようになりはじめた。戯曲も小説も、数多く日本語で読めるようになることを願う。

長島確

初演記録

「名前」
二〇〇四年一月　地点（富士見市民文化会館キラリ☆ふじみマルチホール、こまばアゴラ劇場）
訳＝河合純枝　演出＝三浦基

“Namnet” by Jon Fosse
Directed by Kai Johnsen, presented at Den Nationale Scene, Lille Scene, Bergen (Festspillene i Bergen) on May 27, 1995.

「スザンナ」
二〇一〇年九月　新国立劇場「マンスリー・プロジェクト」第一弾リーディング公演
（新国立劇場 小劇場）
訳＝アンネ・ランデ・ペータス、長島確　演出＝宮田慶子

“Suzannah” by Jon Fosse
Directed by Berit Nesheim, dramatized on NRK TV on January 4, 2004.
Directed by Per Jan Ingebrigtsen, presented at Scene USF, Bergen on April 15, 2005.

「ぼくは風」
“Eg er vinden” by Jon Fosse
Directed by Eirik Stubø, presented at Den Nationale Scene, Store Scene, Bergen (Festspillene i Bergen) on May 24, 2007.

本書収録作品の無断上演を禁じます。上演をご希望の方は、「劇団名」「劇団プロフィール」「プロであるかアマチュアであるか」「公演日時と回数」「劇場のキャパシティ」「有料か無料か」「住所／担当者名／電話番号／メールアドレス」を明記のうえ、〈早川書房ハヤカワ演劇文庫編集部〉宛てにメールまたは書面でお問い合わせください。

訳者略歴

アンネ・ランデ・ペータス　ノルウェー人。翻訳家。イプセン、フォッセ、ヴェーソスの邦訳や三島由紀夫、岡田利規、吉本ばななのノルウェー語訳。ノルウェー王国功労勲章叙勲。

長島確　ドラマトゥルク。国内外のさまざまな演出家・振付家と協働。訳書にベケット『いざ最悪の方へ』『新訳ベケット戯曲全集』（監修・共訳）。東京藝術大学准教授。

ヨン・フォッセ
I
名前《なまえ》／スザンナ／ぼくは風《かぜ》

〈演劇 53〉

二〇二四年九月　十　日　印刷
二〇二四年九月十五日　発行

（定価はカバーに表示してあります）

著者　ヨン・フォッセ
訳者　アンネ・ランデ・ペータス
　　　長《なが》島《しま》確《かく》
発行者　早川浩
発行所　株式会社早川書房
郵便番号　一〇一 - 〇〇四六
東京都千代田区神田多町二ノ二
電話　〇三 - 三二五二 - 三一一一
振替　〇〇一六〇 - 三 - 四七七九九
https://www.hayakawa-online.co.jp
乱丁・落丁本は小社制作部宛お送り下さい。
送料小社負担にてお取りかえいたします。

印刷・星野精版印刷株式会社　製本・株式会社フォーネット社
Printed and bound in Japan
ISBN978-4-15-140053-7 C0197

本書は活字が大きく読みやすい〈トールサイズ〉です。